从贵州到罗瓦涅米

Slow & Smart

山峰 著

中国大百科全书出版社

目录

写在前面的话

一部小说的诞生，总是少不了很多机缘，《Slow & Smart 从贵州到罗瓦涅米》也不例外。

1999 年的夏天，为了拍摄一部电视专题片，我走进荔波茂兰原始森林。那天和同伴走失，我遇到了一条巨蟒。那条巨蟒有如成年男人的腿那么粗，我差点被吓昏在地。可是求生的欲望并没有让我惊慌失措，我很快淡定下来，采取小时候奶奶教的方法“死死盯着它看”。我没有把恐惧传递出去，没有刺激到巨蟒，最后得以安全脱离危险。这次遇险的经历，并没有让我对原始森林心生畏惧，反而让我对它产生了一种难以言说的迷恋。因为就在那天，我在森林里度过了一个如梦似幻的夜晚。奇花盛开、萤火虫飞的场景让我突发奇想：在森林深处，会不会有一间木屋，幽暗神秘，木屋里住着一个人，饱经沧桑，他之所以与世隔绝，不过是在慢慢的时光里等待点亮他人生的那束光。这个想法就是《Slow & Smart 从贵州到罗瓦涅米》的那颗种子，种在我的脑海里，一直等待着发芽生长。

2015 年，一个初冬的早晨，我和华世达集团的创始人黎光杰先生前往荔波小七孔。车出城不远，一个村庄映入眼帘：雾气朦胧，木楼人家，小桥流水，梯田纵横。我突然觉得在这里开一家书店，该是多么美好的事情。我把这个想法告诉黎光杰。他说，很好啊，那你会给这个书店取一个什么名字。我说书店的名字就叫“在慢慢的时光里等你”。他又问小说中的故事发生在哪儿。我说在贵州。他说我觉得这个故事可以放一部分发生在芬兰。我说芬兰？他说对，那里的夏天有极昼，24 小时太阳不落，那里的冬天有极夜，24 小时永夜无光，是地球上真正的“慢慢时光”。我说是吗？我有点晕车。

那天我确实是晕车，我们说话之际，车来了一个大转弯，让我瞬间头晕目眩。后来，我们没有再谈这事。直到后来的后来，2018 年 1 月，我和他在前往南极门户——塔斯马尼亚的途中。他问我“在慢慢的时光里等你”创作进展如何？我说没什么进展。他说要不要去北极圈找找灵感。我没有回话，以为他只是开个玩笑。可是一切犹如梦境，就在 2018 年的 8 月，受罗瓦涅米市政府的邀请，我和我的家人踏上了前往芬兰的旅程。在北极之都——罗瓦涅米的日子，我们住在市郊一个靠湖的小木屋里。或许是时差的原因，我几乎天天失眠。一天午夜，我翻来覆去睡不着，起身推门出去，只见外面宛如黄昏，太阳不落，湖面泛着红晕，小船沉默不语，不知名的小动物朝古老的树洞奔去。此情此景，让我灵感突然迸发：闪闪若星的萤火虫，璀璨夺目的北极光；贵州森林的原始神秘，罗瓦涅米的驯鹿雪橇；雄浑壮阔的芬兰史诗，让人着迷的百鸟衣裳……《Slow & Smart 从贵州到罗瓦涅米》前半部分就像开闸放水一般，奔涌而出。

2019 年 1 月，罗瓦涅米市政府代表团来中国访问，我想邀请他们到贵州看看。后来，在华世达集团、贵州省外事办的支持下得以成行。在贵阳市、黔南布依族苗族自治州以及都匀、荔波、瓮安等县市党委、政府的帮助下，代表团先后到贵阳环西小学、贵阳实验二中、都匀一中等学校，以及荔波、瓮安等县市考察交流并签署教育合作备忘录。相聚的时光转瞬即逝，代表团一行很快返程，与他们在龙洞堡机场作别，看着他们的背影渐行渐远，我的视线模糊，仿佛他们不是走上飞机，而是走进荔波森林。而就在那一刹那，《Slow & Smart 从贵州到罗瓦涅米》的后半部分，也渐渐浮出水面。

我不知道如何解释这部作品，我想把它交给读者，我希望打开它的人，能看到自然的力量，看到灿烂星河，看到生命的无限宽广。

在这里，特别感谢给我带来创作灵感的山山水水、自然奇观，尤其是芬兰的午夜阳光；特别感谢对我创作一直给予支持的亲朋好友，尤其是黎光杰先生，没有他，这部小说可能还停留在我的脑海中，正是他一如既往的支持，让这部小说得以生长，并最终和大家见面。

山峰
2021 年 11 月 22 日于贵州都匀

我是谁呢？我谁都不是，只是一个孤独的背影，一个孤独的背影而已。

罗瓦涅米的冬天，又来了。一如既往的白。古时候的芬兰人相信，一只狐狸在雪坡上奔跑，尾巴扫起雪花，一路伸展，直达天际，形成了北极光。红黄蓝绿，璀璨夺目。北极光吸引了来自全球各地的游客，冰天雪地的拉普兰热闹起来。

我如往年，穿上百鸟衣，坐上雪橇，前往玻璃屋。从来罗瓦涅米留学至今，这似乎成了一个习惯。无论多忙，每年冬季，总要抽出一天走进玻璃屋，一边凝视北极光在空中舞动，一边倾听《在慢慢的时光里等你》。

四周一片白茫茫，铃铛叮当作响，驯鹿拉着雪橇跑过雪地。我终究想不起老师来。因为，我们分别太久，太久，太久，太久。时间是一把刀，又尖锐又锋利，想割谁，就割谁。

滴答，滴答，滴答，咔嚓，咔嚓，咔嚓。我们走过的每一天，都被它割掉了，彻彻底底地割掉了。现在，还剩下些什么呢？什么也没有剩下，空空荡荡，空空如也。可是，雪橇穿过森林，我的耳畔突然响起老师蒋勋般的声音：

“西苏，你能做到。”

这个时候，那年7月及以后，我从中国来到芬兰的经历，在我的眼前铺展开来，像一幅卷轴画，慢慢地，慢慢地。而老师的声音很快消失，了无声息，剩下我，只剩下我，一个人坠入记忆的海洋，独自面对深不见底，独自面对一望无际、浩瀚无边。

第一部

第一章

我的爸爸离家出走了。

七月中旬，我刚过完十七岁生日不久。

爸爸给我留下一封信。信封上写道："西苏，你不是我亲生的，你的生身父母是万海千河。你可以根据这封信上的地址去找他们。"

我拆开信封。信纸满是褶皱，破损不堪，足足有二十页，字迹潦草，仔细辨认，全文如下：

万海，当你看到这封信时，我已经走了，你不用再来找我，你是我一生的最爱。缘分至此，忘了我吧，不要牵挂，不要流泪，愿我们一辈子安好。

黔桂交界，贵州境内，黔南荔波，群山之中，有一股水从茂密的森林里流出，经过灌木丛，滑过小石山，在低洼处形成一条河流。河上有一座桥，桥有七个孔，人们就给这里取名小七孔。从小七孔往北前行十公里左右，樟江边上，有数十亩花田，花田对面有一个寨子，名字叫秀。秀寨有几十户人家，干栏式建筑，木房青瓦，依山而建，直到山腰。晨起日落，炊烟袅袅，青山、流水、人家、花田，宛若仙境。

秀这个寨子只有不到二十户人家，多半靠种植茶叶为生。我从小在秀长大，奶奶伊教我唱侗族大歌，爷爷辛教我认水书。爷爷希望父亲将来能像他一样做水书先生，但父亲更喜欢当木匠。母亲遗传了外公盅、外婆琴的好嗓子，她不仅布依族、苗族歌曲唱得好，水族歌曲也能张口就来。

因为父亲做木匠，爷爷奶奶死后，农活由母亲一人打理，一到春天我就跟随母亲到田埂、山间，我们的歌声随风飘荡。逢年过节，母亲带我去看外婆、外公，去走访奶奶老家的寨子，我迷恋那些古老的民族歌谣，从小就能反复吟唱。

我们村有一个大粮仓，那是人民公社年代修的，用于存放全村的粮食。从包产到户至今，大粮仓空了出来，每逢下雨，干不了农活，全村人就聚集在大粮仓里，一边唱歌，一边刺绣。有人绣背扇（俗称“背儿带”），有人绣围腰，有人纳鞋垫，有人做绣花鞋。我们是用丝线裹马尾制作图案进行刺绣的，因而得名马尾绣。马尾绣是我们水族的瑰宝，在秀寨传承了上千年，有人称它为刺绣的活化石。我小时候，母亲用自己做的背扇来背我，上面有一条丝带捆着两个圆轴的图案，中央还钉有很多像黄豆大小的铜钱。我们水族人相信，这个图案和铜钱一样能辟邪。古时的书是竹简样式的，所以图上两个圆轴指的就是书。丝带既是捆书的带子，也暗指闪电，在水族的传统文化里，闪电能辟邪。

秀寨对面的花田里有玫瑰、紫荆、薰衣草、山茶花……过完十二岁生日，我去花田看花，看到喜欢的，会向种花人讨要一些，拿回家来，插在花瓶里。有时候母亲一早醒来，打开房门，会看到门口放有彩色的花束，这是喜欢我的男生送给我的，母亲悄悄把这些花束插进瓶子。那个送花的男生没有得到回应，也就知难而退了。母亲对我要求严格，她说："到你过卯的时候，自然会让你去见喜欢你的人。"

过完十六岁生日，我去三都卯坡参加卯节。卯节是我们水族的情人节，每年固定在卯坡上举行，方圆百里的水族青年纷至沓来，以歌会友，以歌相恋。我的歌声打动了无数的男子，而且这些男生个个才华横溢，有的出身于木工世家，拥有举世无双的技艺；有的是当地有名的歌手，认得水书，拥有超高的智慧。即便是这样，我都没有从他们中间选择其一，而是挑了我们同村人旺，因为他是当地有名的骑手。

在水历年终岁首，辞旧迎新，祭祀祖先，庆贺丰收，我们水族会过端节。端节以水书水历推算出来，从头到尾长达四十九天。端节应该是世界上历时最长、批次最多的传统民族年节。每年端节，秀寨都会举行赛马比赛，旺是永远的冠军。他身体强健、精力旺盛，骑在马上英姿飒爽。

我和旺的交往是从发誓开始的，我们对着产蛋崖的石头菩萨发誓:“此生此世，谁要变心，就会变成石头蛋。”但就在誓言之后的第二天，我和他的交往就走向死亡。一心想做一回马上侠女的我未能如愿以偿，旺直接冷冰冰地回绝了:“我的爱马，女生不能骑。即使是有一天这个女生成为我的老婆，为家族贡献巨大，生一堆孩子，也不能驾这匹赛马。”旺的斩钉截铁让我突然觉得自己遇到了一个无情的人。他无疑是一个爱马如命，视自己的女友如草，不懂得爱情的臭小子。一气之下，我不再搭理旺，而旺为了让我与他和好如初，在我家门口一站就是一

天一夜。而这一天一夜，他没有吃下一口饭，没有吞下一口水。他以为这样就能让我回心转意，而事实上我已经下定决心不再搭理这个“无情”的男生，除非他牵他的爱马来到我家门口，让我“一骑成名”。但这个臭小子听信“被女生骑过的赛马会与冠军绝缘”的传言，自己的坚持始终没有动摇过。他绞尽脑汁，用最不可思议的方式，开始向我发起进攻。

夜半时分，旺在我家木楼上开始凿洞，而这个洞就在我卧室的木墙上。木墙质地坚硬，旺一直折腾了整整一个月零十天，这才凿通。就在旺大功告成的那天晚上，他把一根竹竿掏空，穿过墙洞直达我的床前，开始对房间说话。他从内心感激前人的智慧，这样的方式让他文思泉涌，他一口气把多年来积累起来的情话，声情并茂传递出来。那天晚上月光皎洁，村民早已进入梦乡，他从皓月当空一直说到月亮穿过竹林，离开村庄抵达更远的地方。他把所有的话说完后，开始了漫长的等待，竹筒里传来的任何一个风吹草动，都会让他绷紧神经。只是这个风吹草动，与他的盼望大相径庭，房间里没有传来我的一丁点儿声音，如果不是那只小老鼠从我的房间穿过竹筒爬到他的耳朵上，让他惊慌失措地摔了下来，他可能还会坚持到太阳升起，东方光亮。

旺轰然落地的巨大响声，让我的父母从睡梦中惊醒过来。要不是我的父母了解瑶族凿壁谈婚的习俗，一定会以为旺是一个色情狂，非打他个半死不可。父母对方圆百里的民风习俗了熟于心，他们年轻的时候，出于好奇还曾经做过类似的游戏。我的父母开始后悔听信我说的，旺对我并非真心，而在一个月前就答应了我去广州打工散心。出于职业的敏感，我的父亲能体会到旺对我有多少真心，因为他是在这坚硬的木头上凿洞，持续一个月不间断，而且不能让木屋里的人知道。

“非一日之功啊。”

我的父母看出了旺的诚意，把旺请进家里，就像对待自己的孩子一样。他们让旺放心，已经决定把我许配给他了。

当旺得知我在一个月前就已经离开家去广东打工散心时，有些失魂落魄起来，而我的父亲对他说，会想办法让我早些回来。旺心怀感激，跪在地上，提前喊了爸妈，我的父母也欣然答应。从那以后，我家有大小事，旺会准时出现。而在广州隔着千山万水的我并不知道这一切，父母觉得电话里说不清楚，想等到我回家时再说，而十个月后，父亲则发生了意外。

一天上午，父亲去山上砍树时，被树砸倒了。旺听到这个消息，一口气跑到山上把他背到医院，可是因为流血过多，父亲很快辞世了。

自古以来，我们村有一个习俗，那就是女人死了，需要杀牛祭奠，男人死了，需要杀马祭奠。有钱的人家，总是不惜重金，买最好的牛和最好的马来做祭品，斗牛和赛马常常成为他们重点考虑的对象。我们家并不富裕，家里也没有养马，父亲的突然离世让我的母亲手足无措、伤心欲绝，已经没有精力顾及买马祭祀的事情。看到自己的准丈母娘一夜白了头发，旺觉得祭祀马的事情只能落在他的头上。

旺作出了一个决定，他要把他心爱的马送给我的父亲，让它陪他登天。当他含着眼泪把爱马牵到葬礼上时，所有人都向他投来了敬佩的目光，很多上了年纪的老者朝他竖起了大拇指。

谁也不知道，旺在作出这个决定时，他哭了整整一个晚上。他怎么都不会想到，这个给了他自信和荣耀，与他相伴如兄弟的好伙伴会以这样的方式与他永别。他之前想过无论发生什么，都会让它终老一生，自然死亡，不

会让它被刀砍死，走向惨烈。

虽然旺和我将来会如何，谁都没有办法预料，我在广东已经如何，他也无从知晓，但这个朴实的男人不会去计较这些事情。他只是觉得他深爱着我这个女子，我的父母就是他的父母，无论我将来是否与他结婚生子，无论将来我和他是否在一起。他爱我，他应该去做他能做到的一切，他就这样想，也这样去做了。他把马牵给祭师，向马说了一万个对不起，直到马理解，流下了眼泪，他才转身离开。

万海，我们家欠旺的太多，我不能抛下他不管。我知道你会来找我，在有歌声的地方，我们一定能重逢。我其实很想跟你走，走得越远越好，就像我的奶奶和我的爷爷，就像我的外婆和我的外公，不顾一切地走，即使是背着私奔的骂名。但当我回到秀，知道了这一切，已经没有办法再这样选择了。我带着你去了解我的爷爷奶奶、外公外婆那两段古老的爱情，让你明白我有为了爱不顾一切的血液，也是一个为了爱可以义无反顾地跟着你走的女子。只是面对旺，这个对我家有着深情厚谊的男子，我只能把第一次给你，却要用一生去陪伴他。

万海，你是我一生的最爱。缘分至此，忘了我吧，不要牵挂，不要流泪，愿我们一辈子安好。

永远爱你的千河

1998 年 5 月 6 日

万海千河是我的生身父母。怎么会是这样？我起伏不定的内心，开始波涛汹涌。小时候，我天天喊妈妈，天天要妈妈，他不是告诉我，我的妈妈不在了吗？被火烧死了吗？今天，我才明白这么多年，他给我的是一个谎言。这个我叫了十几年的爸爸，原来是一个骗子，一个不折不扣的大骗子。

窗外看不到白云与蓝天，只有密密麻麻的水泥森林，压抑、崩溃，所有这些与绝望相关的字眼汇入我的大脑，我已泪流满面。

在这座奇大无比的城市里，我连一个说话的人都没有，都没有，半个都没有。我不知道该向谁去倾诉我的内心，不知道该向谁去讲述我的不幸。我不知道。认识的人，同学、老师、邻居，每个人都很忙碌，无时无刻，做不完的事，走不完的路，像一个个陀螺般转个不停。

现在，我好想找到她，千河，我的妈妈，我想这个世界上只有她能为我停下来。我不计较她对我的过去，我只愿能找到她，她能听我说说话，哪怕只听一句，我喊她妈，她能答“呦”，这已足够。

一周后，我登上了前往贵州的绿皮火车。骗子爸爸还给我留言，如果我去贵州找妈妈，一定要在车上读他给我写的信。我不知道他的信还隐藏着什么，有什么见不得人的惊天秘密，我拿在手上，好几次要打开，却始终没有勇气。

晃在眼前的不是窗外的美景，不是车厢里涌动的人群，不是货架上堆得满当当的各种包裹；充斥耳膜的不是嘈杂的说话声，不是手机游戏的声音，不是提醒乘客到站的广播声，而是爸爸歇斯底里的表情，还有那碗碟砸在地上的声音。那个烟灰缸被扔向窗外，那个巴掌打在脸上，那是我的烟灰缸，那是他的手掌。那是我的脸。那烟头还在冒烟，孤独的烟头，不可一世的烟头，青春的烟头，倔强的烟头，叛逆的烟头。我义无返顾，夺门而出。我学会了离家出走。从那以后。

是的。上高一那年，我暗恋一个男生，他长得很像彭于晏，很像，几乎一模一样，我想他们应该是双胞胎，要不就是同父异母或是同母异父的兄弟。这个长得像彭于晏的家伙在歌厅里上班，我是在参加同学生日宴会时认识他的。认识他不久，我学他抽烟，学他在手臂上做了一个老鹰的文身。没错，那天晚上，文身被爸爸看到了，爸爸大发雷霆，第一次夺门而入，冲进我的房间，我抽烟的秘密由此也进入他的视线。又是文身，又是抽烟，爸爸认为他的女儿遇到了不良少年，气得暴跳如雷，气得脸冒青筋，气得瑟瑟发抖，气得语无伦次，气得说不出话来。“啪”，他第一次动手打了我，狠狠的一巴掌。我打开门，跑了，离开家，像一匹脱缰的野马，任爸爸怎么喊，也不回答，任爸爸怎么追，也不回头。

从此，我经常夜不归宿，爱上喝酒，学会逃学，学会了适应成绩一落千丈，被老师疏远，被同学远离。

我从小和爸爸相依为命，他虽然只是一个的士司机，可是我想要的他都尽力满足我。他期望我将来能出人头地，不要像他如一只蚂蚁一样卑微地活着。除了会开车，其他都不会，除了驾驶证，其他都没有，没有文凭，没有人脉，没有文化，没有资源。从进学校那天起，他要我努力学习，天天向上，做一个优等生。做不完的功课，写不完的作业，连假期都被各种补习班填满。我要竭尽全力，倾其所有，把功课做好，把那张期末考试试卷完成好。这是我的全部。我的优秀与否，全靠那张试卷说话。那张试卷是爸爸心情的晴雨表，是老师心情的晴雨表，也是我生活的晴雨表。

我讨厌那张试卷。

后来我休学了。无所事事。我觉得人生特别没劲，一点都没有，不知道自己的路在哪里。爸爸无数次和我沟通，要我继续上学，可我一次次拒绝，一次次和他闹翻，一次次和他对着干。让他沮丧，让他束手无策，让他绝望，让他一夜白了头。

长长的车流，拥挤的人流。高耸入云的东方明珠塔，滚滚不息的黄浦江。在外面跑车的爸爸，疲惫不堪的爸爸，没有一丝笑容的爸爸。出租屋，老旧的家具，杂乱无章的家。一切的一切，没日没夜。我心里特别难受，特别恐慌，特别烦躁。

前方模糊不清，无路可走。

车快到贵州时，我忍不住打开了信。

爸爸在信中说：十六年前，他是入职两年的的士司

机，收入稳定，交了女友。女友是一名油漆工。他们打算年底结婚。可就在准备举办婚礼前，一个月明星稀的夜晚，他送乘客回家，路过鲁迅公园时，就听到了我的哭声，于心不忍，救下了我。千河写给万海的那封信，当时就放在襁褓里。女友让他把我送进孤儿院，他执意要收养我，就这样，她离开了他。后来，他谈过几次恋爱，但每一次都因为我，以失败告终。他舍不得把我送走，一意孤行，要独自把我养大成人，要把我培养成才。所以，就这样坚持着，坚持着。

火车路过一个又一个村庄，穿过一个又一个隧道，耳朵里塞满了轰隆隆的汽笛声，我的内心波澜起伏，不知何处是他乡。

我的生母千河只知道她的选择会影响旺和万海，没有想到还影响了拾起她女儿的男人的一生。为了她的女儿，这个男人失去了女友，没有了婚姻，独自抚养我。

他，养了我十六年的爸爸，离家出走后，现在在何处呢？她，那个我从未见过的女人，我的妈妈千河，又在何处呢？在做什么呢？她是不是像我一样过得很落魄，或者，是不是像很多女人一样过得很幸福？

我特别想知道，特别。

第三章

来到荔波，按照千河写给万海的那封信，我找到了秀寨。但一打听，无论是本地人还是外地游客，都摇头表示不知。秀寨从古至今没有一个叫千河的女子，当地村民也从未听说过有一个叫旺的男人，至于万海，他们更是一头雾水。我一次次地通过各种渠道，范围甚至扩大到了方圆五十里，劳烦人们帮我查找，但还是一无所获。

怎么会？怎么会呢？那封信上明明写得很清楚，我的妈妈千河就是秀寨的人啊。我不能走，我要继续在荔波停留，直到找到为止。

人们说水无形，荔波的水形状多样，有时像鱼，从森林流过，有时如蛇，绕群山一圈，有时如燕，飞流成瀑。人们说，好水无色。荔波水好，有着令人心醉的蓝。人们说，真水无香，荔波的水香味浓郁，流经森林，有草木的清香，安静成湖，花落如画，有百花芳香。人们说，荔波的水不同于漓江，不同于九寨沟。荔波不产荔枝，取名荔波与荔枝没有关系。当地布依族居多，“荔”在布依语中是好的意思，荔波就是好水。

千河，不就是水吗？在荔波走得越久，我越相信，爸爸说的是真的，我的生母就在秀寨这片土地上。我不能离开荔波，我要继续找，不达目的不罢休。我每天在秀寨这片土地上来来回回，步履不停。以至于那些看见我又走进秀寨的村民说：“你们看，那个找妈妈的上海姑娘又来了。”

与老师的相遇，就在秀寨后面的茶山上。

那天，大雨突然袭来，我迷路于山腰。惊慌之余，只见一个背着背篓，眼神清澈，长相儒雅，身形清瘦，气质不凡的青年男子出现在十字路口。他刚从山上采药回来，见我困在途中，便伸出援助之手。

从半山腰往上走，是一座茶山。爬到山顶，雾雨蒙蒙，山脚下，木楼人家，河流穿过秀寨，梯田层层叠叠，学校红旗飘飘。从山顶往下走不远就是他的家。房屋居中，茶树在后，门前桃李成林，南瓜香菜成园。这时正值葡萄成熟的季节，他冒雨到山后采摘葡萄招待我。什么样的人种出什么样的东西，葡萄鲜嫩，清香可口。随后他递给我一杯绿茶，汤色明亮，芽头肥壮，唇齿留香，甘润回甜，让人神清气爽。

一山烟雨，花满小径。在这里让我想起明朝陆绍珩的《醉古堂剑扫》。

“结庐松竹之间，闲云封户；徙倚青林之下，花瓣沾衣。芳草盈阶，茶烟几缕；春光满眼，黄鸟一声。此时可以诗，可以画。”

他姓枕名水，我喜欢叫他老师，有时也称呼他枕水先生。老师之前主要靠创作剧本和写诗为生。那部很有名的电影《天下牛忙》，他是编剧，深受女性读者追捧的诗集《无稽之谈》，他是作者。说起过去，他口气平静：

“经营关系，处心积虑，身心疲惫，累累伤痕。任何一种关系都是折磨，都是束缚。不如为内心招兵，给大脑买马，经营自由。一个人就是一支队伍，放荡不羁，浪迹天涯。选择写作，算是让我获得了自由。不过，每一次和出版公司、影视公司打交道，基本上都是遍体鳞伤——不守合约，不讲信誉，拖欠版税，恶意赖账……”

写作是一个劳心费神的活，本已让人心力憔悴，写完卖掉，还要花大量时间去追债，他逐渐对 A 城那个文化江湖心生厌倦。加上A城人口众多，空气不好，他的鼻炎、咽炎日益加重，索性离开，背起背包，环游四方，寻找属于自己的家园。

他喜欢老挝、泰国这些热带国家的自然淳朴，喜欢新鲜的椰树芒果，喜欢榴莲的“臭气熏天”；喜欢耶路撒冷的古老与神圣，那里凝聚着世界上最狂热的爱和恨，走在这片土地上，他内心震荡；他喜欢欧洲，迷恋芬兰的森林湖泊与北极光，瑞士小镇的宁静闲适和地中海的碧海蓝天也令他往返流连。但语言障碍带来的生活不便，水土不服带来的疾病困扰，让他不得不打道回府。回到国内，东南西北，天涯海角，四处游走。他到过海拔1500米，最适合人居的四川西昌，在漓江小住过一些时日，在青岛、大连、厦门鼓浪屿长租过房子。但他听不得海浪的嘶吼，每到夜晚，海声袭来，总是失眠。他到秦岭租了一间老屋，住了半年，因为那里冬天实在寒冷，身上的骨头无法忍受，最后不得不逃之夭夭。他最后选择在荔波住下来，不仅仅因为气候宜人、山青水碧、空气清新，难能可贵的是当地村民的质朴厚道，让他找到了久违的人间温情。

那天，他在小七孔附近的山上行走，太阳热辣，他因中暑而委顿在地，站不起来。是秀寨小学的老校长出手相救，精心照顾，他才得以康复。刚好有一位老师临时有假，导致有一个班没老师上课，于是他自告奋勇，走上讲台。第二天，孩子们给他带来了礼物。礼物种类繁多，有野花、红薯、土豆、大米、玉米、葫芦、豆角和南瓜，有剪纸、绣片和牛角，有布鞋、鞋垫和草帽，如小山，满满当当堆放在他暂住的小屋门口。他感动不已，热泪盈眶。校长请求他留下，他没有答应。他深知自己生性热爱自由，无法按部就班教学。不过，他想了一晚，感觉这里的人好，应该为他们做点什么。

最后，他决定在这里弄一间书屋，陪孩子们课外阅读。学校后面是茶山，茶树老化，缺少管理，广种薄收。茶山老板还有其他产业，见他热爱这片土地，就把茶山上那几间老房子送给他住。他很喜欢，找来当地工匠，盖瓦，修补，室内室外粉刷一新。到乡场购置木桌、木椅，请来当地有名的木工，打了书柜和书架。他到贵阳和都匀书店选书。有《声律启蒙》《绿山墙的安妮》《窗边的小豆豆》《神奇校车》等儿童读物，有《百年孤独》《雪国》等文学名著，还有天文、地理、哲学、历史、插花、种植、旅行、摄影、养生等方面的书籍，种类繁多，只为

能拓宽孩子们的阅读视野。

他把书快递到县城，从县城请人开车拉到学校，从学校请人来背，找马来驮，把书运到书屋。近千本书摆放好后，他在一块条形木板上刻上“黔上书香”四字，挂在书屋门上。最后，他请来学校的老师和学生，告诉他们，这里属于他们，只要喜欢，随时可以到这里来读书，也可以把这里的书带回家读。孩子们很喜欢。他给每个学生制定阅读计划，引导他们爱上阅读。

“一个人，只要从小爱上阅读，并养成阅读的习惯，他这一生就不愁没有出路。”他说。

书屋的四面墙上，分别有一幅画。东面墙上的《睦化地层剖面》是画家朱瑞的作品，南面墙上的《中国电影的开拓者但杜宇》是画家刘毅的人物画，西面墙上的是画家陈忠和的《4700多年的天台银杏树》，北面墙上的《孤独麻雀》是画家伍国春的近作。

一半诗书一半茶。书屋的旁边是一间不大的茶室。一张茶桌，几把竹椅，窗明几净，一览无余。他用的老茶杯，出自斯里兰卡工艺大师之手，已经布满补丁。多年来，他虽珍视，但因随身携带，多处受损，他请匠人修补好了继续使用。他说，这个茶杯让他能看到生命的不完美，有如喝茶知苦涩，所以无论它多么破旧，一直不离不弃。那张茶席散发着蓝靛幽香，给人“宠辱不惊，去留无意”的感觉，不愧是来自有“天下第一侗寨”之称的榕江三宝侗寨，也不愧出自侗寨能工巧匠之手，工艺复杂，经过洗、染、浆、晒、捶打、上色等长时间的锤炼。虽然用了很多年，但风采依旧。放在茶席上的“马嘘嘘”十二生肖陶泥哨，是平塘的牙舟陶作品，色调淡雅，有出土文物的神韵。茶桌一角有一台黑胶唱片播放机，播放机旁边有一个盒子，盒子里装有窦唯在 1994 年 5 月发行的第一张个人专辑《黑梦》，鲍勃·迪伦在 1962 年发行的专辑《Bob Dylan》，Beyond 乐队在 1986 年发行的专辑《再见理想》。盒子上有一行字：“每一个少年都有一颗摇滚的心，每一颗摇滚的心中都住着一个少年。——枕水。”他拨弄一下播放机，过去的旋律开始在房间回荡，瞬间仿佛时光倒流，定格在上个世纪八九十年代。

一支箫挂在茶桌紧靠的墙上，旁边有一幅字，内容我不认得。字体有如秋月，清冷孤寂，形状像甲骨文，也像金文，不是隶书，也非篆书，更不是草书。

“这是用水族的文字写的‘松无古今色’，这些字一般人认不得，它们是靠水书先生代代相传下来的。水书很强大，记载了水族的天文、地理等。在秀寨，婚丧嫁娶都要依照水书记载的水历推算来定。当地人称水书先生‘鬼师’，在秀寨地位非常高，被人们崇拜。水书就是靠一代又一代的‘鬼师’，通过口传、手抄的形式流传至今的。”他见我盯着那幅字看，继而说道。

很难相信，一百多年前在英国出版的书，这里也有。他从抽屉里拿出了几本红皮英文原版古籍对我感叹：

“这是斯坦因著的《沙漠契丹废址记》，出版于1912年。原籍匈牙利的斯坦因，在英国和印度政府的支持下，先后进行三次中亚探险。该书是他第二次探险也即他从1906年至1908年的旅行记，书中详细记录了他在敦煌骗宝的经过。他深入河西走廊，在敦煌附近长城沿线掘得大量汉简，又走访莫高窟，拍摄洞窟壁画，并利用王道士的无知，廉价骗购藏经洞出土敦煌写本二十四箱、绢画和丝织品等五箱。那些瑰宝就这样被带走了，可惜啊。”

《沙漠契丹废址记》的下面，依次是：1896年在纽约出版的《穿越戈壁沙漠，喜马拉雅山脉，帕米尔高原和奇特拉尔，满洲里》，1890年出版的《中国西部三年游记四川、贵州和云南》，1936年出版的《卖残牡丹：唐代女诗人鱼玄机的生平与诗歌》，1943年出版的《A Fable in the Manner of the Chinese》，弘化社编、苏州古吴轩出版社出版的《弘一大师书法集》——《药师本愿功德经》《金刚般若波罗蜜经》《佛说阿弥陀经　心经》《嘉言集》《华严集联》。

我叹为观止，他又打开第二个抽屉，拿出一个木盒子。他打开木盒子，小心翼翼地捧出几本泛黄的手抄线装书，墨迹清晰，纸破书残，有《景岳全书》《明代手写中医方》等。

书籍丰富，环境宁静诗意。这确实是一个读书的好地方，若是雨天，草木苍翠，雾气升腾，若入仙界；若是晴日，白云飘荡，空气鲜嫩，群山听香。

想来有些妒忌这里的学生。山清水秀，鸟语花香，每天放学后，取一本书翻阅，该是一件多么美好的事情。只是时值暑假，我没有能看到那些动人的场景，但从那些脱落的书页，书页上留下的低年级学生的稚嫩字体，张贴在墙壁上的不同年级同学写的读书笔记，堆放在书架上的学生留下的阅读记录，我能够体会到枕水先生的良苦用心，以及这份努力所取得的丰硕回报。

第四章

我对枕水先生，一开始并无好感。他不抽烟，我发烟给他抽，被他教育一番。或许是在贵州生活太久的缘故，他的性格有点像这里的山民：不事张扬，耿直倔强。用当地人的话说，就是“日鼓鼓的”。若不是他的声音像蒋勋先生的一样富有磁性，听起来悦耳入心，我想我一定待不过三天，就逃之夭夭。不过，后来，越是走进他的生活，越发对他好奇起来，他不仅有一种让人顶礼膜拜的气质，也有一种让人可以无限亲近的自然淳朴。

他是生活在当下的过去人。他的生活方式是我之前见所未见，闻所未闻的。起初那几日，有时我甚至恍惚自己是不是穿越了，到了另外的时空。他不上网，不用手机，不用电话，不用电子邮箱，谁要找他，他要找谁，只能通过邮局书信或是登门拜访。而且，他尤其热衷慢递，写好的信需要存放少则三个月，多则几年，才会邮寄。

那天在书屋，他指着《4700多年的天台银杏树》那幅画对我说："这棵树在长顺县。在这棵树不远的地方，有一家可以睡觉的书店叫'在慢慢的时光里等你'。书店开业一年多，一直没有店名，一次书店负责人过来捐书，向我讨要书店名，我把小说书名给了他们。《在慢慢的时光里等你》小说酝酿好多年了，只有结尾，没有开篇。我愿意给他们，是觉得这个书名寓意很好。当下，生活工作节奏太快，我希望人们能放慢脚步，让日子慢下来，去慢喝一杯茶，去慢读一本书，去慢等一个人。"

"可以睡觉的书店，是不是这个书店有旅馆一样的房间？"

"是啊，好像只有三间房。不过，最吸引人的是书店门口的邮箱雕塑，那是新锐雕塑家王习均的作品。王老师把这个邮箱做成一只蜗牛的模样，这可能是世界上最大最有创意的慢递邮箱了。'蜗牛'吸引了很多人往里面投递信件。有人写给未来的自己，铭记此刻；有人写给未来的妻子，诉说期待；有人写给未来的丈夫，吐槽他的出现；有人写给未来的宝宝，希望他能健康成长；有人写给若干年后的父母、兄妹、朋友、同学，告诉他们，自己此刻想对他们说却不能说出口的话……投放到里面的信件，需要很多年后，才会抵达收件人手中。”

“这个听起来，很有意思，但我不会这么做。我要写就直接写了存放在手机里，或是电子邮箱中，将来再看，没有必要投进那个邮箱等多年。”我笑道。

“手机是当今的鸦片，沉迷其中，让人活成无心、无知、无识、无聊。手机的出现，极大地方便了人们的生活，但同时也让人们变得无所适从。我曾经‘中毒’过，浏览信息、听歌、发短信、刷微博、玩游戏，我都玩。拿起来，放不下。白天、黑夜，坐、走、躺、卧、睡、行，乘地铁、开车、等人、上厕所，泡温泉、洗澡、煮饭，吃饭、喝水、购物、和人说话。不分地点，不分场合，不分时间，机不离手，与机厮守。直到有一天，手机崩盘。在手机离开的那些天，我有了久违的宁静，这才真正回过神来，发现自己已经成了手机的奴隶。机不离手，害处大于益处。手机不仅让自己视力下降，颈椎受损，健康受到严重影响，更可怕的是吞噬了自己时间，让自己的心智变得浮躁不堪。若不及时甩掉手机，人生无疑已经提前死亡。虽然认识到机不离手的危害，但犹如吸毒，已经上瘾，哪又能轻易放下？最后，我不得不远离城区，远离信号源，花了将近半年时间，才戒掉机瘾。

让自己回归阅读，回归宁静，回归写作，用心过好每一日，细心体会岁月斑驳，时光流逝。”

老师的生活很有规律。早上醒来，他先打扫房间，屋里屋外，全部清扫一遍，擦桌椅，整理书籍，然后洗手焚香。吃过早餐，坐下来，写一小时的东西，才去做其他事。他不关心外界的一切热闹，拒绝让当下发生的各种热门事情进入自己的眼睛和耳朵。在这个信息爆炸，人人追求速度，凡事追求快捷的时代，他则像一个隐士，过着几乎与世隔绝的慢慢悠悠的生活。

或许是看透人性丑恶，清楚人世虚妄，明白人生真谛，他的生活规律、简单、克制、淡雅。在他书架上的一本书里，我偶尔发现他不知何时记在空白页里的作息和生活上的相关提醒：

1. 起床，日出之前，6点左右。

2. 洗漱，一大杯温开水，排便，洗澡，清洁身体。

3. 运动，8点之前吃饭。

4. 悦人悦己，20分钟装扮自己，整洁，简单。

5. 写作。中途提醒自己，打一次八段锦。

6. 午餐，注意吃饭时不要喝水。

7. 午睡 1 小时，尽量在 13 点半到 14 点半之间。

8. 午觉起来，吃些干果。然后继续写作。一小时后，出去走走或是劳作。

9. 6 点前吃晚饭，食物的消化大概是 4 个小时，不带着食物睡觉，可以有更好的睡眠质量。

10. 晚上 10 点睡觉，睡觉前不写作，看哲学、佛经。

11. 生活是有节奏的。要注意自己生活的节奏。

他一身布衣，布衣色如陶土，与这一片天地辉映成趣。晴天穿一双黑色布鞋或是草鞋，雨天就穿一双防水胶鞋，早晚脖子上挂一条灰色围巾，保持那份古朴和诗意。他惜物惜福，房间里几乎没有一件多余的东西。餐厅的角落里有一个古老的陶瓶，插放四季花枝；三个坛子，装有米酸、西红柿酸和糟辣酸。

他用秀寨人编织的竹篓发豆芽，用竹刷刷锅，用木榛子蒸饭。他到农民家找来古老的种子，自己种白菜、辣椒、西红柿、豌豆、胡豆、南瓜、黄豆、玉米、土豆、黄瓜、红薯。

“你只有吃过玉米面、野菜喂养大的鸡、鸭、猪，你才知道现在的饲料喂大的鸡、鸭、猪肉有多难吃；你只有吃过用流传数百年老种子，用老办法种植出来的大米、西红柿、玉米、黄豆，你才知道什么是真正的人间美味。”他说。

“我是有这个感觉，你这里的饭菜比我在上海吃过的好吃，尤其是蔬菜有一种天然的清香，米饭也是。”我实话实说。

“纯天然的东西，自然不一样。每一颗种子源自先民的智慧，都有独特的基因和价值。**我们古老的农耕文明正在消失，在很多地方，很多老品种都没有了**，但秀寨多年来，一直坚持用自己的老品种。坚持用牛耕种，牛吃青草，牛粪做农作物的肥料。**我们怎样对待自然，自然就怎样回报我们。**农药和化肥能够提高产量，但种出来的东西，口感会打折扣，更可怕的是，长时间使用农药和化肥，土地受到污染，时间久了会失去生命力。秀寨的村民宁愿农作物产量低，也不愿意使用农药和化肥。他们算是我人生的第二次启蒙老师，他们教会我如何与自然相处，教会我如何与自己相处。”

他一边说，一边指给我看石磨。每个周末，他用石磨自己磨豆腐，一个人吃不了，就分给学校的老师。有时候，学生因为读书晚回，他会留下他们，与自己共进晚餐。

他钟爱贵州的酸汤，每餐必有酸。他说他初到秀寨的那一个月，经常腹泻，后来是老校长让他每天吃酸汤菜，连吃了一周，腹泻不治而愈。

“酸汤能治疗腹泻，这不是校长的独创，文献里有记载。在清代《黔记》里这样写道：‘黔人每岁三月洗白菜铺巨桶中，加以小米，层菜层米，满则以巨石压之……其汁治泻痢疾，甚效，土人呼菜。’”他向我解释。

做鱼、煮酸汤、凉拌折耳根，都离不开酸。他迷上酸汤，开始走访各地拜师学艺。不学不知道，一学吓一跳。贵州的酸，细分起来，一百种都打不住。从原料上分有糟辣酸、米酸、毛辣酸、鱼酸、臭酸、虾酸、萝卜酸、菜酸等；从味道深浅分，又有咸酸、辣酸、甜酸等；从地域上分，有凯里酸、都匀酸等；从颜色上分，有红酸汤、白酸汤等。十里不同酸，一寨酸不同，地理分隔，造成酸的种类和程度不一样，就是在同一个寨子，每一户人家都有自己独特的做法和味道。他没有办法一一学会。红酸，香浓醇厚，白酸，清亮爽口，辣酸，开胃迷人。他最后只选这三种，边学边练。他先到凯里，吃了一寨又一寨，最后和一个对着酸唱歌的妇女学做白酸。白酸汤看似简单：糯米一把，洗干净，水煮开后，将米

沥出来，米汤倒进坛子里，加盖、密封，用水隔绝空气。往后，每日按照这个方法，把米汤倒入，当然如果想要酸汤清亮，可以直接用淘米水，直至坛子有七成满，密封一段时间，打开，白酸问世。这个方法看起来简单，做起来也不难。他回到荔波，买了糯米，就开始做，可是连续上百次，都以失败告终。他认为是没有对米汤说话，后来又继续做，他学凯里大妈对着酸汤唱：“酸溜溜的汤哟，酸溜溜的郎，酸溜溜的郎哟听阿妹来唱。三月槟榔不结果，九月兰草无芳香，有情山泉变美酒，无情美酒变酸汤……”这一唱，终于成功了。有了白酸汤，他又开始学做红酸汤：将本地的小西红柿洗干净，把水晾干，直接放入坛中，快满的时候，加盐巴、甜酒，盖上盖子，坛沿四周加清水，避免西红柿与空气接触，半个月左右，开坛，西红柿的果肉烂软，沉入坛底，浸润在果肉上的果汁，成了红酸汤。第三种酸是糟辣酸。把新摘下来的红辣椒洗干净，加入生姜、大蒜、生花椒等辅料，手工剁碎，再放入盐、糖、白酒调味，密封放入坛中发酵。一个月后，可以食用。白酸可以随时做，红酸和辣酸则要在西红柿和辣椒成熟的季节做。一开始这三种酸是分开吃的，有的凉拌折耳根专用，有的是煮鱼专用，有的是煮素菜专用，各自为政，互不干涉。后来，他吃出了经验，一道菜里，三者混合。他大胆尝试，果然做出了自己最喜欢的味道。他后来还学会了腌制酸辣椒、酸萝卜、酸豇豆、酸菜。

他的生活用品追求天然，合乎自己的内心。香皂来自泰国，是月桂油和橄榄油的混合物，无任何添加剂，无香味，天然润滑，可以用来洗脸、洗澡。他从来不用超市里的洗衣粉、肥皂、洗发水、沐浴露。他洗头用的皂角，源自秀寨的皂角树。他说，他不喜欢那种工业的香味，也不想用它们污染土地。

我咳嗽，他带我去割枇杷蜜。我说我之前在超市买过玫瑰蜜、金银花蜜、雪莲花蜜、松花蜜，从来没有见过枇杷蜜。他说那些花蜜是无中生有的：金银花蜜很少，不可能量产，而玫瑰根本不产蜜，雪莲花生长在极寒地带，蜜蜂去不了，松花只产粉，不产蜜。进入枇杷林中，他说枇杷花从去年的十月开起，花期有好几个月，本来前几个月应该割蜜的，因为其他事情耽搁，一直没来割。如果身穿黑色衣裤、留着长发，容易成为蜜蜂攻击的对象。他让我像他一样戴上面纱挡蜂帽，包紧衣袖。他打开一个蜂箱的木盖，拿出蜂巢板，抖动槽板，蜜蜂飞离，蜂巢显现出来。巢上有黄色蜂蜡，将蜂蜡剥下后，蜂巢巢洞里全是蜂蜜。他将蜂巢置入桶中，摇动桶外的手柄，蜂巢在桶中旋转起来，蜂蜜在旋转中被甩到桶壁上，顺着桶壁流入桶底。纯正枇杷蜂蜜是治疗感冒咳嗽的良药，我坚持冲水喝了两天，咳嗽消失无影。

但后来几日，我浑身酸痛，鼻涕不停，头脑昏沉，伴有低烧。我要下山去看医生，他说不用。去秀寨请来一位大婶，先让我喝了一大碗浓姜汤，再让我睡在发热的温道黄土球床垫上，待身体发热后，再用姜膏给我搓背，推拿脊柱，一开始又辣又疼，大汗淋漓，但过后不久，浑身通泰。

大婶告诉我，这个绝活是枕水先生教的，秀寨和附近寨子的男女老少基本上都会。家里人会用这法子，互相帮助对方保养身体。她说枕水先生到秀寨不久，遇到赶集天，就在集市上免费摆摊教学。她印象最深的是“用姜保养身体，免费学习”这几个写在木板上的字。因为当时她们都不相信天下有免费的午餐，认为枕水先生的目的是为了推销他的“狗屁膏药”——姜膏。有几个身上有毛病的老者，敢为天下先，上前体验，效果不错，而且真如木板所写，枕水先生并没有收人家一分钱。一传十，十传百，枕水先生被人们说成是“活菩萨”，不仅教人治病，还免费送姜膏。越来越多的人学会了这门养身治感冒的手艺，也学会了熬制姜膏的方法。

我很感激村中这位大婶。痊愈后，我忍不住向枕水先生刨根问底。他回我道：

“身体好的人，气血足，脸色红润，身体热乎乎的；身体不好的人，气血不足，脸色蜡黄或苍白，身体冰凉凉的。我们生病，多因受寒引起。身体受寒，导致全身经络堵塞，气血运转不畅。姜性温，含有姜辣素等活性成分，可加快血液循环，使全身变得温暖。通过内服姜汤、外敷姜膏，就能为身体提供热源。人体的五脏六腑挂在脊柱上，揉搓脊背，疏通脊柱经络，就能促进身体气血快速运转。身体热源足，气血运转正常，身体自然就康复了。这是我从慧子那学来的。慧子是福建漳浦人，原本和丈夫在广州做生意，积劳成疾，身体每况愈下。她到过很多医院，拜访了很多名医，仍然不见好转。一次偶然的机会，她到泉州聚龙小镇接触到姜疗并实践，身体得到改善。从哪里获得新的生命，在哪里奉献此生。此后不久，慧子和丈夫放弃广州的生意，落户聚龙小镇，潜心向中医名家学习，钻研姜疗，经过多年临床实践，开创了‘一喝二抹三推四刮五敷’的姜禅养生法。我当时就是到福建旅行偶遇惠子，向她学了些皮毛。中医知识博大精深，要知道更多，非一日之功。你若有兴趣，可以看看《黄帝内经》等中医书。”

我哪里有兴趣读书，不要说什么《黄帝内经》，就是那些当下流行的小说，我也毫无兴趣。身体康复后，我想我该继续去寻找妈妈了。

那天午饭后，我收拾东西，谢过枕水先生，与他作别。临行前，流着眼泪把此行的目的一一和他说了，并在一张纸上写下家庭地址和手机号码，希望他一旦有我妈妈的消息，一定要告诉我。

他接过纸条，反反复复看了好几遍。突然说道：

“西苏，你只有找到自己，才能找到你妈妈。”他的口气坚定有力。

我不懂此话的含义，眼中流露出疑惑。

“你先在我这里安心住下来，一切会有答案。”他一脸善意。

我走投无路，想到他对秀寨的孩子这么好，还被村民称为“活菩萨”，特立独行，热爱读书，热爱生活，对自己要求这么严格，又是一个剧作家。连日来，安排我单独住在厢房里，无微不至，像一个长辈一般照顾我。想必是想真心帮助我，我就答应他，先住下来。

第五章

开始几日，细雨绵绵。山上的生活单调无聊，书又看不进去，他教我泡茶，我也无兴趣，感觉度日如年。好在天很快放晴，他说带我去采茶。

“不过，这个时候并不是采茶的最好季节，夏天虫多，叶芽不美。最好的季节在春季。贵州冬季湿冷，能冷到骨头里，昼夜温差大，加之夜间有凝冻，抑制了害虫的生长和繁殖，叶芽没有受到虫子破坏，完美无缺。不像现在，虽然看到的是枝繁叶茂，但有好多叶芽却被虫子咬得漏洞百出。”

背上茶篓，他一边说，一边带着我朝东面向阳处走去。茶园环山，一望无际。这时太阳有一竹竿高了，在茶园里走，茶枝上是干的，脚底下却是湿的，晨露还在。茶树缺少管理，杂草丛生，越往前面走，越是艰难。

我从小到大，几乎没有离开过上海，更不要说干农活。头一次深入茶园，肩挎竹篓，在茶园穿行，感觉很新鲜。

他一边手把手教我采摘，一边说道：

“尽量采三叶。茶叶营养物质丰富，茶多酚、咖啡碱主要分布在第一、二叶，氨基酸主要分布在芽尖。单芽茶虽然看上去鲜嫩漂亮，但要论口感醇厚和营养平衡，还是需要叶片来支撑的。所以采摘时，最好有三叶，即是一个芽带两片叶。”

他一边采，一边哼唱：

“自从陆羽生人间，人间相学事春茶。”

“老师，陆羽是谁？”

“茶神。《茶经》是他写的。‘上者生烂石，中者生砾壤，下者生黄土。’《茶经》算得上茶叶百科全书，距今已一千二百多年，不仅受到历代文人雅士的推崇，陆羽还被茶农誉为‘茶神’。陆羽对茶的栽培、采摘、制造、煎煮、饮用的基本知识，茶叶的功效，都作了扼要的阐述。‘自从陆羽生人间，人间相学事春茶’是号称宋诗‘开山祖师’的梅尧臣写的，是赞颂陆羽的诗句。‘山上有棵千年树，树下有口清水井，哪天如果不舒服，一片叶来一瓢水。’这是我在黔西南普安县听到的打油诗。山人种茶饮茶，最早应该是为治病。贵州湿气重，有瘴气，茶的功效就是清热解毒。秀寨的小孩，如果肚子不舒服，大人会让他们咀嚼两片茶叶。普安县山上野生古茶树很多，树龄最大的有四千八百多年，是世界上最古老的茶树品种。当地村民有爬上古茶树采摘鲜芽，制成手工茶的传统。上个世纪八十年代，晴隆县农业局高级茶艺师卢其明，在普安、晴隆两县交界的云头大山笋家箐发现一块茶籽化石，距今一百多万年，这是世界上仅有的四球古茶籽化石。这一发现，普安无疑成了'世界茶源地'，作为大叶种茶树品种的普安四球古茶，被人们誉为可以喝的活化石。今天红遍大江南北的普安红，相传起源于有福气的布依族阿娘的制作，发酵工艺独特，从明代传承至今，是生活在普安各民族群众待客的珍贵之物。不过来贵州之前，我没有听说过普安红，我最喜欢喝乌龙茶。"

"乌龙茶？"听到这个怪怪的名字，我这个茶盲忍不住开口问道。

"乌龙茶是青茶的代表，有武夷岩茶和安溪铁观音之别。乌龙茶介于绿茶和红茶之间，绿茶是新茶叶直接炒干不发酵的茶，红茶是把鲜茶叶活性物质全发酵的茶，乌龙茶是半发酵茶。这个半可不是指百分之五十，而是指百分之三十到百分之七十。乌龙茶家族庞大，有安溪的铁观音、武夷山的岩茶、台湾的东方美人、广东的凤凰水仙、四川的罗汉沉香等。众多乌龙茶品种中，我最喜欢大红袍，大红袍是武夷岩茶的扛鼎之作。武夷山岩缝和沟壕的特别土质赋予大红袍坚韧、醇厚的品质，传统的烘焙方式让大红袍有了炭香和火香。尤其是一缕阳光制茶人黎先信制作的大红袍，能把茶香锁在茶叶中，陈茶比新茶还要香。我印象最深的是，有一年，雨水少，黎先信制作的大红袍，居然有苹果的清香。

“来贵州后，乌龙茶喝得少了。爱上了这里的红茶和绿茶，红茶我喜欢普安红，绿茶我喜欢都匀毛尖。说起贵州绿茶，湄潭、凤冈一带的湄潭翠芽、绿宝石，贵定的云雾贡茶，虽然品质一流，但名声不如都匀毛尖大。都匀地处贵州高原南部，境内峰峦叠嶂，云雾缭绕，日照长，昼夜温差大，有利于茶树生长，加上土质呈酸性，内含大量铁质和磷酸盐等，使得茶叶营养物质丰富，芳香四溢。自唐朝以来，就有‘贵州出好茶，都匀出名茶’的说法。都匀毛尖原本叫鱼钩茶，鱼钩茶名是明崇祯皇帝所赐。1915 年，鱼钩茶和茅台酒被选送到巴拿马万国博览会参展，一同夺得金奖。贵州从此有了‘南茶北酒’。1956 年 4 月，都匀团山茶农高级社的谭修楷等年轻人为表心意，寄3斤都匀茶给毛主席品尝。不久，他们收到了中共中央办公厅的特挂信，信是打字机打的：‘茶农高级社共青团支部，你们寄给毛主席的茶叶已经收到，中央曾有规定，不准给毛主席寄东西，经主席批准，寄给你们十六元成本费。’落款是中共中央办公厅。令人惊喜的是下面还有毛主席的亲笔签字：‘茶叶很好，今后山坡上多种茶，我看此茶可命名毛尖茶。毛泽东。’很快，毛主席为都匀茶命名的事传开了，都匀鱼钩茶也从此改名为都匀毛尖茶。1982年，都匀毛尖茶参加全国茶叶评奖，从参选的300多种茶中脱颖而出，最后与西湖龙井、碧螺春、信阳毛尖、君山银针、六安瓜片、黄山毛峰、祁门红茶、铁观音、武夷山岩茶一起获得了‘中国十大名茶’殊荣。那天你初来乍到，我给你喝的茶是秀寨的村民赠送的都匀毛尖。茶青来自古茶树，古茶树生长在都匀螺蛳壳，海拔超过1700米。茶树在峡谷溪涧两旁，周围是常绿针叶与阔叶乔木，空气湿润，光照均匀。所以制作出来的茶叶茸毛多，肥厚柔嫩。”

“确实好喝，整个晚上，都感觉有股香气，一直在嘴里绕来绕去。”我回老师，只听他又继续说道：

“比起喝茶，我更喜欢关注茶背后的故事。刚到荔波那阵子，听秀寨的村民说，黔南北部，瓮安境内，群山俊美。舞阳河主流和清水江支流的主要发源地都凹山，传说明太祖皇帝朱元璋的部队曾在那里采煤炼铁做兵器，后改名朱家山。朱家山常绿阔叶森林保存完好，大树参天，林海广袤，流溪潺潺，青碧神秘。离朱家山不远，云雾缭绕，万重山中，灌木如海。一座古刹，几户人家。人家沿湖而建，木楼青瓦，古刹隐于林中，孤寂清幽。一日细雨，湖面缥缈。茶女在湖边洗衣，小和尚来湖边取水，四目相对，情窦初开。茶女是茶农的女儿，十五岁，小和尚是方丈的徒弟，十六岁。一日初见，百日相思。从此，两人偷偷幽会，在茶林，在湖边。茶女父母晓得，百般阻拦，方丈师傅知道，严加训斥。两人依然不顾，直到有一天，女孩失踪，寺庙关门。方丈和小和尚也不见踪影，女孩家人和村民以为女孩跟着方丈和小和尚走了。直到很多年后，有人在群山深处发现一户人家，靠种植茶叶为生，细细问起由来，才知道，原来当年方丈发现小和尚与女孩恋爱，一气之下，远走他乡。小和尚和女孩偷食禁果，想到如果被女孩家人知道，后果不堪设想，两人索性就逃离村庄，到大山深处安家落户。小和尚懂茶，也认得茶树，两人在山中靠采摘野茶为生，慢慢地，用野茶树培植新茶，很多年过去，那里有了一坡又一坡的古茶树。

“我很喜欢这个故事，最后找到了那个地方。那地方名叫苗岭雾海，有一湖泊，湖水很清，湖边坡上全部是茶树，有野生的，也有人工种植的，漫山遍野。几户人家就在湖边，寺庙早无踪迹，遗址也遍寻不得。我很喜欢那里的湖光山色，就住下来。在茶坡上走走，感觉这里的茶坡和之前见过的茶坡不一样，其他地方的茶坡要比这齐整、干净，这里的茶树似乎都是野生的，草比茶高。好容易找到一片看起来顺眼的茶林，也会让人感叹，这里的种茶人太懒惰，草拔得不彻底。茶人如茶坡，茶人赵海看起来有如他这片茶坡，非常不讲究，一身土布衣裳，爬满泥浆，满脸黝黑，如几日没有洗过一般。我一开始就质疑他浪费了这片茶山。他这个人怪得很，不作任何解释，只是笑，让我先喝茶，我喝了一口，接着喝了一杯，最后是喝掉了一壶。不是因为口渴，是甘甜，自然的清香让人着迷。他说他的茶基本上都是这个味，这是大自然原本的味道，古老的味道，童年的味道，纯天然的味道。后来我才知道，这家伙从小在农村长大，后来考上学校，当了老师，但当回到老家，喝不到童年味道的茶，看不到萤火虫，听不到青蛙叫，他睡不着了。最后他才明白，是化肥、农药、除草剂导致青蛙和萤火虫跑了，是化肥让茶汤的茶没有以前好喝了。为了能喝到童年的茶汤，看到萤火虫和听到青蛙的叫声，他辞掉公职，四处找寻从未使用过农药和化肥的茶地。他精挑细选，最后找到了苗岭雾海。苗岭雾海不仅有自然的古茶园，而且还有几千亩从未开垦过的荒坡。他承包了荒坡，种茶树和果树。山下的湖他也承包了，不养鱼，让湖保持原貌，保留它原始的状态。原生态的湖泊，野生的茶树，果树的花香，农家肥，人工锄草，古老原始的采摘与制作。赵海终于找到了童年的世界，喝到了童年的味道。”

说到这里，老师放下茶篓，走到地坎边摘下了一朵毛茸茸的花色小花。继而道：

“今天中午有好吃的了。这是清明菜。一味中药，能祛风解表，化痰止咳。你在上海应该没有吃过用它做成的清明粑，今天让你尝尝。”

“清明粑？”

“对呀。这本来是清明才能吃到的贵州美食，今天遇到了，刚好昨晚泡了糯米，可以弄几个给你尝尝。”

他一边擦额头上的汗，一边动手摘起来。沿着土坎

朝前看去，密密麻麻，不大一会儿，他已采了不少。

太阳长高了，浓雾散去，远处的群山依然朦胧。回味老师刚才一席话，此情此景，我不禁感叹，贵州真是一片神奇的土地，在这片土地上，不仅长满了各种各样的植物，也生长着各种各样的故事。

中午十一点半左右，我们回到木房。灶台靠窗，窗外是一片竹林，太阳光从竹叶间漏进来，细碎如银。老师站在灶台前，把泡了一夜的糯米沥干，放入石碓中，磨碎成粉。将清明菜洗净，放入石碓舂碎，把水挤干。老师动作娴熟，将两者合一，倒入水和匀，揉成面团，搓条，一坨一坨揪下来，逐个压扁，包入引子红糖馅，封口向下，压成圆饼坯。

“西苏，你帮我烧火。”

“好的。老师。”我按照他的吩咐与指点架柴，费了好大的劲，才把灶孔点燃。

铁锅被烧烫后，老师把油倒入铁锅。并用锅铲把油铲敷到锅腰，锅里热气升腾。

“西苏，把火放小。”

“好的。”我眼睛盯着灶孔，把柴减下来。突然，从锅里传出一阵阵刺耳的响声。

起身抬头，只见老师已经把饼坯一个个放入锅中。他两手已经停不下来了，操动锅铲，一个个饼坯被掀起，正反两面，翻来覆去，烙了又烙。

“西苏，再把火放小，放小，要不就糊了。”

“好的。”我再次用火钳把柴退出来。灶孔里不再有木柴，只剩下火星。熄火的木柴冒着浓烟，熏得我睁不开眼。我站起身来，只见铁锅里的饼坯渐渐变黄，香气四溢。

“闻到香味没有？”

“早就闻到了，口水都快流出来了。”我笑道。

“好了，清明粑出锅了。”他一边说，一边操起锅铲，一个个盛入盘中。

“来，尝尝。”

“谢谢老师。”

我很快从盘中取出一个清明粑，拿到手上。清明粑还很烫，我朝它大口吹气，希望早些冷下来。不过，这香味早已经让我忍不住了，我狠狠地咬了一口。引子馅和清明菜的混合味道倾巢而出，满口流香。这味道，好得难以形容，恨不得一辈子就待在这个地方，天天都有这口福。

吃过清明粑，老师把锅洗干净，开始做饭弄菜。

“如果人生可以重来，我会选择去做一个厨师。一个只做素食的厨师。把山的味道、海的味道，做成诗歌的味道。”他一边淘米，一边说道。

我想说点什么，但一时找不到合适的话，只是突然觉得，要是谁做了老师的女友，每天都该被浪漫和幸福包围。

他的做菜手艺极好。山上随便一种野菜到了他手上，都会成为一道极致美食。我们刚从山上采摘下来的茶叶，他取了一些，洗干净，做出了三菜一汤。清水烧开，十几片茶叶，一块豆腐，一并放入，成了“小白小绿一家亲”。茶叶与猪肉丝，加红辣椒清炒，成了“万花从中一点绿”。两个鸡蛋，几片茶叶，小火清蒸，成了“随时影现青黄白”。折耳根、茶叶加上糟辣酸凉拌，成了“亲密无间酸酸甜甜”。没有味精、没有酱油，或许是食材天然的缘故，四道菜品，色香味俱全，食之有苦涩味，但清香爽口，开胃养人。

午饭后，老师教我炒茶。火再次燃得旺旺的，渐渐地，只见锅底起灰泛白，老师舀了一点水倒入锅中，水呼啦啦，很快被蒸干。老师很快把之前采摘的茶青倒入锅中，瞬间就像放鞭炮，水蒸气直往上冒。他开始翻炒起来，只见双手生风，翻飞自如。

“西苏，帮我把火放小些，这样翻炒需要四十分钟左右，这种炒法俗称‘一锅起’，是贵州青毛茶的制作方法。如果是春茶，当地人在开始炒时，还会加少量的水，相当于发酵，用他们的说法是‘春茶放至秋露白’，这样炒出来的茶口感更好。你来试一试。”老师一边翻炒一边对我说道。

我按照老师的示范，把手放入锅中，翻弄茶青。手触到茶青，我忍不住大叫道：

“好烫。”

“如果受不了，你可以用茶枝翻搅。”老师一边说，一边递茶枝给我。

我接过茶枝，翻搅起来，但总感觉不过瘾。最后还是忍住烫，双手在锅里翻弄起来。热气升腾，感觉满脸热乎乎的，不大一会儿，汗水从额头上冒出来。

很多年过去，至今已经想不起那天的茶味，虽然那是自己第一次也是唯一的一次炒出来的味道。只记得喝过那茶后，就直接跟着老师去了玉米地。

枇杷林旁边，有块玉米地，有人腿那般高了。他要去锄草，让我和他一起去。我人生头一次进入玉米地，不知道怎么使用锄头。他不厌其烦地教我，最后算是有模有样。顶着烈日干活，不是什么好事，不大一会儿，满头大汗。身上黏糊糊的，说不出的难受。

他一直没有停歇，即使汗水一直往下滴，也没有停下擦汗，他穿的短袖衫后背早已湿透。我把锄头甩到地上，瘫坐在地坎边休息。直到锄完草，他才放下锄头，递水给我喝。

“和干活相比，我更喜欢读书些，读书起码身上不会沾满泥土，自己也不会大汗淋漓，更不会被太阳晒得昏头转向。”他笑着对我说。

我不知道如何回答他，此刻确实有同感，但想到自己已经离开了学校，不可能再回去了。

他见我垂头丧气的样子，继续说道：

“我小时候不止一次逃过学，因为我不喜欢数学老师，也讨厌加减乘除，反正看到数字我就讨厌。母亲拿我没有办法，就带我去乡下。乡下很好玩，每天可以和小伙伴去下河摸鱼，在柳树上荡秋千。但有一天，我跟着玩伴去摘烤烟，烟叶粘人，超乎想象，太阳热辣，非今日所能比。那天从烟地回来，因为周身难受，我哭得稀里哗啦，突然觉得还是待在学校好。从那以后没有再逃过学。我现在干农活，不是有谁逼着我干，或是为了吃饭，我不得不干，更多的是写作之外的一种劳逸结合，所以我不觉得累。但一个人要是不读书，专门干这个，确实是很累的。你爸爸开的士，应该不轻松。我见过很多的士司机，他们基本上没有一个好的作息，想必你爸爸也是这样。开车去兜风还行，要是把开车作为一种职业，那确实是迫于生计，万不得已的事情。”

“你是不是觉得我应该回学校去？”

“我个人认为应该回去。回学校没有坏处，只有好处，起码以后生活会好过些。”

“可是，我真的很讨厌学校，也讨厌自己。”

“同感。我现在有时候也会对自己感到厌倦。”

“老师，你也有讨厌自己的时候？”

“当然，我们都不是圣人，都有讨厌自己的时候。”

“讨厌自己的时候，你怎么办？”

“以前会找书看，希望能从书中找到解决的办法。后来慢慢发现，这个讨厌来自自己的内心，答案不能从外界找，要从自己的内心深处找。心不宁静，烦扰自来。现在主要通过打坐、冥想来战胜讨厌。”

“其实，我真的不想回学校。我是学不好，总觉得自己不是读书的料。”我不懂老师说的打坐、冥想，就又把话题拉回到学校上来。

“如果我是你，我也是一样的，真的学不好。但转念一想，我真的学不好吗？枕水真的这么笨吗？是枕水努力不够吧，专注不够吧？慢慢地，慢慢地，就会看到，嗯，自己还行。”

“或许吧，不过觉得真的很没劲，觉得自己很悲催。”

这话到了嘴边，我很快又咽了下去。

下午天气很热，往日是喝茶，这天，他说我们喝刺梨做的饮品吧。

他带我来到厢房，推开一道门，只见里面放了两个椭圆的坛子。他揭开坛盖，一股香气扑鼻而来。

他拿来小碗，舀了半碗，让我尝尝。

我抿了一口，忍不住一饮而尽。

“甜甜酸酸的，真好喝。在这之前，不知道人世间还有这样的味道。”

“这是我用刺梨和菌发酵做出来的。”

两个坛子的后面，有一道帘子，隐隐约约，挂着一件彩色长衫绣衣。他见我盯着看，就走上前拉开了帘子。

帘子拉开，绣衣露出真容。对襟上衣织锦艳丽，绣满花鸟，下摆飘带无数，下方缀满雪白羽毛。

“哇，真漂亮。”

“这是苗族的白鸟衣，是苗族女生俘获男生爱情的秘密武器。一件出众的白鸟衣会让姑娘在相亲大会上成为万众瞩目的对象。人们说百鸟衣是‘穿在身上的史诗’‘服饰活化石’。百鸟衣早在一千多年前，就已经闻名于世。根据北宋编撰的《宣和画谱》记载，唐朝贞观年间，贵州东南的‘东谢蛮’首领谢元深到长安朝贡，谢元深身穿色彩艳丽、图案奇特的衣裳，让唐太宗惊讶不已，立即命画家阎立德画下来。谢元深和他的‘战袍’因此轰动长安，一时风头无两。谢元深穿的正是百鸟衣。这件百鸟衣来自月亮山麓的摆贝苗寨。不过，百鸟衣要数丹寨嘎闹苗族支系的最出名。在嘎闹，男生的盛装叫欧花闹，女生的叫百鸟衣。嘎闹在苗语中是‘鸟的部族’的意思，嘎闹人认为自己是上古蚩尤集团以鸟为图腾的羽族的后裔。苗族没有自己的文字，走过的历史靠银饰、古歌和苗绣代代相传。一件百鸟衣不仅仅是一件华服，更是一部史书。百鸟衣是苗族刺绣的集大成者。制作百鸟衣，需要蚕丝板。在一块平整的木板上画出经纬线，蚕就顺着经纬线一边爬行一边吐丝，一张蚕丝板就此

形成。一件白鸟衣，需要很多很多的蚕丝板。需要一代代的春蚕辛勤耕耘一个春天又一个春天。要集齐一件白鸟衣，就不得不等上三四年。数年的等待过后，是复杂繁琐的制作。背、胸、肩、袖口、衣摆羽毛的拼接，平绣、堆绣、辫绣、打籽绣等传统刺绣的工艺。此去经年，针针线线，花花鸟鸟，一件百鸟衣不仅凝聚了少女的最美时光，也承载了日日月月的光辉。”

他一边说，一边把衣服取下来，递给我：

“试试。”

我很快穿到身上，他让我到穿衣镜前看看。我走到穿衣镜前，转了几圈，看了又看，兴奋不已。要是这件百鸟衣是我的，那该多好。我心里想。

“这一件很贵吧？”

我怯怯地问他。

“不贵，这新做的不贵。藏品才贵，要几十万。”

“一件几十万，那新做的也不会便宜。”我瞠目结舌。不敢往下想，赶忙跑回厢房，脱下百鸟衣，小心翼翼放回原处。

“你穿在身上，像极了当地的苗族姑娘，但又有一种当地姑娘没有的时尚气质。”只听他在身后说道。

下午的时光是惬意的，太阳躲起来了，很凉爽。老师去睡午觉了。他临睡前，还给我拿来了两本书，让我随便翻翻。一本是智利诗人聂鲁达的《疑问集》、一本是奥尔多·利奥波德的《沙乡年鉴》。我拿起《沙乡年鉴》翻起来，不过，一个字也读不进去。关于此行的目的总会跳进我脑海，我的妈妈在哪呢，此刻爸爸又在哪呢，他永远不会回到我的身边了吗？我以后一个人在上海生活了吗？我能找到妈妈吗？想着想着，难免又伤感起来。

太阳有一阵没有一阵，清风有一阵没有一阵，我感觉有些困了，准备靠在椅子上打个盹儿。这时，身后传来屋门打开的声音，回头只见老师走出屋来。

“刚做了一个梦，梦见好多萤火虫。”他一边走一边说。

“萤火虫？我在电视里、书上看过介绍，在现实中还没有真正见过呢，好想一睹真容。”我起身回他道。

“我带你去看看吧，场面震撼。不过要穿越原始森林。”

“老师，我喜欢冒险。没有关系，什么时候可以出发？”我有些兴奋，从椅子上站起来道。

“这两天不会下雨，明天上午出发过去，应该有机会能看到。”老师若有所思道。

第六章

次日天气晴好。吃过早餐后，老师再次清点了一遍需要携带的物品：镰刀、指南针、驱虫药膏、蛇药、云南白药、绷带、创可贴、大蒜、救援哨、雄黄、帐篷、睡袋、地垫、防潮垫、压缩饼干、苹果、红酒、红酒杯。

经过再次确认，一样都没有少，他这才背上包，带我前往秀寨去牵马。

“我们要去的地方是茂兰，从秀寨过去，还有很长一段路。乘马车过去，怎么样？”他问我。

“马车？”

“是的，你之前没有乘坐过？”

“没有。”

“那今天就好好体验体验。”

马车是向村民借的，干净整洁。拉车的马得过赛马冠军，强健剽悍，一身雪白。老师说他讨厌汽车，迷恋马车的慢慢悠悠。他之前不会驾马车，每次出门都要请村民帮忙驾驶，农忙时节很不方便，后来，在村民的指导下，他学会了自驾马车。

“马车以前是秀寨的主要交通工具。不过，如今这里有马车的人家已经不多了。这些年县里大力发展全域旅游，借助世界自然遗产地的旅游资源，村村搞旅游，老百姓走上了脱贫致富的快车道，率先致富的村民，买了汽车和摩托车，马车成了租给游客玩的‘出租车’。”

老师动作娴熟，一边说，一边跳上车。

这马车实在是简陋，车头是马，车身就是一块光溜溜的木板。木板上除了两个草垫，再无其他。头一次乘坐的缘故，我感觉有些紧张。

“脚可以伸到木板外，不用害怕，这匹马很温顺，有我在前面掌控着，你放心。”老师一边让我抓住拴在木板上的绳索，一边说。

老师站在车上，两手拉着两根缰绳。我坐在他身后，依他所言，双腿放到车身外，感觉手心在冒汗。

“准备好了吗？”

见我没有出声。他转身又道：

“不用害怕，西苏，你能行。”

我朝他点头。

“出发喽。”他拉了拉缰绳，马跑了起来，车子晃荡，往前冲去。

好比乘车遇到了起步，我身子后仰。不过，比想象中好，我抓紧了绳索，有惊无险。

出了村庄就是一个斜坡。马跑得很快，我的耳畔响起了悦耳的铃铛声和呼呼的风声。

路沿河岸延伸，河水碧蓝，竹影婆娑。不时有村民的身影进入视线。男子身穿白裤子，肩挎猎枪。最抢眼的莫过于男子身旁的妇女。上身前后搭着两块花边蓝布，没有文胸，双乳若隐若现；下身是以蓝色为主调的百褶裙，双腿露在外面。看得我面红耳赤。后来，我才从资料上得知，他们是白裤瑶，妇女身穿的叫“两片”，这样的穿着，显示对母性至高无上的崇拜。

马蹄声声，清风徐来。河岸远处有人家，门前院坝上晒着红辣椒。院坝前面是稻田，绿油油一大片。田埂上有人走过，肩上担着竹篮，竹篮里装满了草，农民勤劳，一大早就割来了牛草。离马路最近的地方，有一个小孩，牵着一头水牛在田埂上走，慢慢悠悠，与小孩擦肩而过的是一个穿着蓝布衣服的妇女，她背着背篓，背篓里装满了红辣椒。老师先前告诉过我，辣椒是贵州厨房的灵魂。贵州人离不开酸，更不能没有辣。辣和酸都离不开辣椒。辣椒红了，农民摘下，一部分会拿到晒坝去晒干，捆扎好挂到屋檐下，一年四季一日三餐，餐桌上需要的辣椒蘸水，就靠这干辣椒。一部分摘下后，做成糟辣酸。田埂上妇女背的这一背篓辣椒，是拿去晒干做干辣椒，还是拿去制作糟辣酸呢？我坐在马车上，胡思乱想。

马车拐了一个弯，进入山坳，河流暂时从眼前消失了。只听老师道：

“西苏，坐这马车，你感觉怎么样？”

“就是抖得厉害。不过，还好。”

“是有点抖。每次驾马车，我都会想起在芬兰乘坐驯鹿雪橇。”

“驯鹿雪橇？我没有坐过。”

“乘坐驯鹿雪橇和乘坐马车，相似的是铃铛响过不停；不同的是，白马拉的是木车，青山绿水，满目青翠。驯鹿拉的是雪橇，积雪满地，四野茫茫。”

“芬兰好像靠近北极圈吧？”

“是呢。对了，你的名字叫西苏，西方的西，苏州的苏。吁。”马车突然停下来，他一屁股跌坐到车板上。

“突然感觉你很芬兰。”他转头对我说道，口气激动。

“我？很芬兰？”我感觉有点莫名其妙。完全不理解他为什么突然这么说。

“你的名字是谁取的？”

“我爸爸。”

“他有没有给你讲过，为什么给你取这个名字？”

“没有。”

“长这么大，有没有谁对你说，你的名字很芬兰？”

“没有。”

“你对芬兰了解吗？”

“仅限于课本、地球仪，平时几乎没有关注，因为没有想过有一天能有机会出国。”

“其他国家可以不想去，不用去，但芬兰，你一定要去一次，因为你和这个国家太有缘了。我在芬兰经常听到人们说：‘西苏（SISU）是一种足以击穿花岗岩的力量。’我当时不理解这句话的深意，但自从我在芬兰郊外，见过那种冰河时期就已经成形的巨型岩石后，我明白击穿这种花岗岩不是用‘战胜困难’四个字就可以解决的。在芬兰语中，西苏意味着坚韧不拔的精神和艰苦耐劳的品质，意味着凭着勇气和力量，可以去完成常人看来不可能实现的疯狂目标。你的爸爸给你取名西苏，他应该是希望你成为一个坚韧不拔的人。”

“我的爸爸是的士司机，没有什么文化，不可能知道那么多，这应该是一种巧合吧。”

马车前行，河水奔流。远处，峰丛巍峨，云雾缥缈，静谧幽深。

老师站起来赶马车，只听见他高声道：

“无论是不是巧合，你和芬兰的缘分已经摆在那儿，应该去芬兰看看。我觉得你应该会很喜欢芬兰的。”

父亲出车，仅够养家糊口。去芬兰，出国，我觉得这对于我是天方夜谭，是不可能实现的事情。我不知道如何回答他。

马蹄声、风声，声声不息。只听他又说道：

“1939 年 11 月，芬兰气温是零下 30℃，很冷很冷。但比天气更冷的是战争，苏联突然宣布向芬兰发动战争。随后，八十万大军扑向芬兰。芬兰顿时处于水深火热中，孤立无援。你想，当时芬兰的总人口还不到四百万，而苏联全部可动员起来的武装力量总兵力都远不止这个数，在武器装备上，芬兰也差苏联一大截，这个仗怎么打？芬兰面临独立以来最危急的时刻。不可思议是，鏖战了一个冬天，战争史上罕见的奇迹发生了：芬兰军人与苏军的伤亡比例是 1∶10，芬兰创造了以少胜多的奇迹。1940

年，美国《纽约时报》的一篇报道这样写道：‘芬兰人有一种法宝，他们自己称为西苏。**西苏是无畏与勇气、剽悍与坚韧的结合，是换了别人早就投降，而你却还要奋战到底，是不但要打下去而且还有必胜的意志。**问芬兰人西苏是什么，他们说那就是‘芬兰精神’。在西苏的推动下，芬兰取得了民族独立、国家富强的伟大成就。战争年代，芬兰靠西苏活下来，战后芬兰靠西苏迅速发展，成为世界上最繁荣、最廉洁、最具竞争力的发达国家，幸福指数最高的国家。”

因为是上坡，马车慢了下来。老师也坐下来，继续对我说道：

“在上个世纪 90 年代，第一个攀登珠穆朗玛峰的芬兰人古斯塔夫森，成了西苏的国家象征。古斯塔夫森从 1993 年到了 2009 年，不用氧气瓶，已经攀登了世界上 14 座 8000 米以上的高峰，他因此成了世界上第九位完成这一壮举的登山者。在古斯塔夫森看来，西苏的深意就是敢于挖掘自己的最后一丝潜力。我记得他对记者说过这样的话：‘如果河水没有完全结冰，你还是可以去游一游。刚开始的时候感觉肯定不会很舒服，但过一阵子，你就会习惯的。你要勇于把自己往冰冷的河水里推，这么一来你的身体耐受度也会逐渐提升。最重要的是，当你决定要朝着某个目标迈进后，千万不要半途而废。’西苏，你能做到。真的，你能做到，一定要去芬兰。”

“芬兰离我很遥远，遥不可及，坐飞机，要花钱，我没钱，这个想法不可能实现。”

“不，可以实现，一定可以实现。全球500强的诺基亚，是芬兰民族精神的形象大使。上世纪90年代初，诺基亚陷入困境，经营举步维艰。但诺基亚毅然全力主攻新兴电信产业，时任诺基亚总裁的奥利拉说：‘转变是一个过程，这个过程需要极大的勇气、耐心和决心。在这个过程中我们芬兰人会用西苏来战胜一切困难。’战胜一切困难，成就自己。西苏。你能做到。我坚信你能做到。”

柏油马路，蜿蜒平坦，各种轿车、天悦旅游大巴，一辆辆呼啸而过。马车继续前行，马蹄声在耳畔回荡。西苏，西苏，我的名字，一个字都没有错，这么多年，没有人告诉过我，“西苏”说的是芬兰，说的是一种坚韧不拔的精神，说的是破釜沉舟的气概，说的是面对逆境需要的勇气和决心。而我呢，是一个逃学者，厌学者，一个失败者，一个遇到困难就退缩的人。我辜负了西苏这两个字，我不配叫西苏。

“我不配叫这个名字。”这句话从我的口中吐出来，但很快就被疾驰而来的汽车声浪淹没了，老师没有听见，我也没有听见。看着远去的汽车，我开始反思我自己，开始回想之前走过的路，之前对待学习的态度，之前的所有的一切。

路在群山之中蜿蜒。路拐弯太多，老师不得不集中精神赶车。过一垭口，进入洼地，有田地几块，人家几户。田地秧苗玉米，人家青瓦木楼。木窗外，长长竹竿，被单、衣裳、头巾，蓝如碧空，随风飘扬，诗情画意。

“竹竿上晾晒的是布依族的蜡染。”老师一边指给我看，一边说。

“海蓝色，我好喜欢。”我话音刚落，只见他拉紧缰绳，让马放慢脚步，他坐下来轻声说道：

“蜡染布纯手工，布上有小波纹，上面的图案自然朴实，活泼豪放，形象生动，线条细腻，这是机器所不能比的。蜡染应该是从汉代开始的，到唐朝时发展到顶峰，此后在中原地区就消失不见了。但在南方少数民族地区却得以幸存下来。布依族蜡染历史悠久，久负盛名。史书《宋史》中就有关于惠水蜡染布的记载。清代史书上所说的‘青龙布’，就是蜡染布。布依族姑娘从十二三岁起，开始学习蜡染技术。她们先是用蜜蜡加热熔成蜡汁，后用三角形的铜制蜡刀轻蘸蜡汁，在自织的白布上描绘花鸟鱼虫图案。图案绘好，把布放入蓝靛缸中渍染成蓝色，再将布入锅，煮掉蜜蜡。最后把布捞出，放到河水中反复荡涤，再摊开到竹竿上晾干。对于在贵州繁衍生息的少数民族来说，节日或嫁娶，一针一线的华服不可少，千锤百炼的银饰不能缺。这既是人们对美的追求，也是对传统民俗的重视。很多民族没有文字，民族族源和传说就靠服饰上纹样和颜色代代相传，一个纹样就是一个传说，一种颜色就是一段史诗。你快看，这就是蓝靛染缸。”

老师一边说，一边勒马停下马车，让我看路旁的一个水池。池水碧蓝，四周布满蓝汁迹印。

我们正准备停下来，到人家窗前，近距离欣赏布依族蜡染。忽然有唢呐声传来。抬眼望去，只见田埂上，一群村民朝我们这个方向走来。吹唢呐的人在前，一匹棕色大马紧随其后，一胸戴大红花的男子骑在马上，有两人手持两块红色牌匾跟在马后，两块牌匾上分别写着“迎亲”两个大字，迎亲牌匾的后面，两人抬着一顶红色大轿缓缓前行。红色大轿的后面，队伍浩浩荡荡，有几十人之多。迎亲队伍越来越近，人人身穿盛装，布依族蜡染服装清晰可见。老年男子以布帕缠头，身穿蓝色长衫，脚穿布鞋。青年男子，青色长裤，皮鞋锃亮。女子以粉红绣花布帕包头，上身大襟宽袖，胸戴绣花围兜，下身为青色长裤，裤腿有彩色绣花。儿童头戴一顶两边有耳朵、背后有尾巴的绣花棉帽。

“时尚在民间。”我忍不住说道。

“‘女子身小多慧，色白而多美，衣尚淡蓝色，穿勾云西摺裙，红绣鞋，胫绻以颜色袴。’这是清代《苗蛮图册页》关于荔波少数民族的描写。目前类似的装束依然鲜活如过去，在习俗里，在日常生活中。”老师说道。

队伍远去，因为近距离看过他们的服饰，我们也就没有再下马车停留。老师继续赶马前行。只听见他又说道：

“这里的少数民族常常会让我想起萨米人。他们穿着艳丽的民族服装，背着装满工艺品的行囊。那年在芬兰罗瓦涅米的集市上，如此装扮的男女从我身旁走过。我当时有些恍惚，突然觉得自己是不是穿越到了贵州。后来经过确认，才知道他们是萨米人。萨米人是欧洲最后的土著民族，他们主要生活在拉普兰地区，拉普兰号称是‘欧洲最后一块净土’，主要指北极圈以北，从挪威、瑞典、芬兰北部延伸到俄罗斯西北角的地方。萨米人的服饰和贵州少数民族服饰太相像了，色彩多样，红的大红，蓝的大蓝，衣服和帽子上有许多刺绣和饰品，非常精美。上衣基本上是深蓝色和天蓝色，领口、前襟、肩部、袖口和下摆处都镶有花边，颜色是金黄色和大红色。男人穿的是足尖翘起的鹿皮靴，芬兰刀挂在腰上，会让你想到四个字——粗犷豪放；女人头上戴着红色遮耳帽，帽子上镶有花边，俏皮灵动，非常好看。

“萨米人过着极简的生活，只需几头驯鹿和一顶帐篷，他们就可以把日子过得有滋有味。《尼尔斯骑鹅旅行记》是瑞典作家塞尔玛·拉格洛芙的重要作品，在这本书中有一个关于瑞典女孩被萨米人折服的故事：因为黑死病，女孩的家人都不在了。十五岁的女孩和同龄的萨米男孩，跟着驯鹿群生活。以帐篷为家，鹿奶作食，铺着鹿皮的树枝当床。女孩学会用鹿筋搓绳子，用鹿皮缝制衣鞋，用鹿角做梳子，坐着驯鹿雪橇东游西荡。差不多一年后，女孩决定留在萨米人中间。因为，她觉得比起之前她固定在一所房子里的生活，萨米人的自由自在与生活之地的无限宽广，实在好得太多。”

老师的这段话，让我的内心升起一种从未有过的快乐。此时此刻，要是有人问我，是上海好，还是荔波好，我肯定会说荔波好。如果可以，我也不愿意回上海了，天地作伴，山水对话，在这里和老师乘坐马车旅行，既惬意又诗意，该多让人羡慕。白马拉着马车继续前行，只听老师又继续说道：

“从古至今，萨米人有着超自然的信仰，在他们眼中，万物有灵，大自然中从动物到石块都有灵魂。透过芬兰的民族史诗《卡莱瓦拉》，可以看出芬兰人相信天地间住着人类看不见的神明、精灵、巨人或小矮人，当然最伟大的是人类天空之神乌戈。这一点和秀寨的水族人很相似，秀寨的村民认为无论是祖先亡灵，是动物、植物，还是一些自然物和自然现象，包括山、石、洞、水、风、雨、雷、电等，由于有某种‘鬼’或‘神’附体，都具有灵魂，这些灵魂永远不会消亡。当某种物体不存在时，它的灵魂就会转移到其他物体身上。一位萨米老人和我说过，他们最具有特色的四角帽与萨米人跟风神斗争的

故事很有渊源。相传古时候，拉普兰地区狂风肆虐，人们没有办法安居乐业。后来，萨米人想出了好办法——把风神套进一个口袋。风神在袋子里面东南西北四处窜，口袋就演化成了现在的四角帽。除了帽子，生物和非生物都有自己的故事。甚至驯鹿牧民手中的刀，也是如此。而高搭（Kota）既是萨米人游牧时的居所，也是萨米人巫师和神灵交流的地方。当萨米巫师敲起鹿皮鼓，吟唱起尤伊克（joik）时，灵魂出窍，便可和神灵交流。秀寨的水族人则告诉我：凡阴暗的、落后的、消极的、对民众不利的灵魂就是鬼，凡光明的、先进的、积极的、对民众有利的灵魂就是神。神既可以施福于人类，也可以惩罚犯错误的人，而鬼往往都是加害于人类的。水书上面讲有避邪驱鬼方法，这个方法只有认识水书的'鬼师'明白。不过，或许正是认为万物有灵，他们对自然一直有着无限的敬畏之心，追求极其简单的生活，他们所处的自然环境得到了最大化的保护。

秀寨的水族人喜欢马，马在水族人的生活中不可或缺；萨米人离不开驯鹿，驯鹿是萨米人的宝贝。驯鹿属于北极鹿家族，是唯一雌雄都长角的鹿种，主要以荒野上的植物和菌为食。冬季的罗瓦涅米是滑雪者的天堂，坐驯鹿雪橇最受游客欢迎。传说中，驯鹿总是和圣诞老人形影不离，是圣诞老人的得力助手和代步工具。拉雪橇的驯鹿长约两米，头上长着很长的分成许多叉的角，蹄子宽大，尾巴短小，颊部灰白，拉起雪橇来温顺稳当……”

伴随着马蹄声，老师如蒋勋般的声音划过耳畔，恍恍惚惚，我感觉自己仿佛走进了北极圈，成了一个萨米人，站在窗前，看着白雪皑皑的大地，那个坐着驯鹿雪橇来送礼物的圣诞老人，正从远处缓缓而来……

上午十点左右，“茂兰世界生物圈保护区”几个大字映入眼帘。老师一边赶马车一边说道：

“茂兰保护区很大，包含石上森林、五眼桥、螃蟹沟、板寨黎明关等好几个地方。游人和客栈主要集中在五眼桥。五眼桥区域内云集了洞穴、原始森林穿越、青龙溪等。穿越原始森林，差不多会花掉八个小时，需要向导，否则在原始森林里迷路，就有可能有去无回。曾经有胆大的独行侠孤身前往，迷路其中，后经保护区多方组织搜救才得以生还。不熟悉这里的游客，在玩穿洞和原始森林时，都会请当地向导带路。我们看萤火虫的地方在五眼桥附近，还有一段路程。那地方我去过多次，很熟悉，不需要向导。”

“有老师在，遇到豹子，我也不怕。”我笑道。

“老豹难得遇到了。不过茂兰森林深处或许有老虎。在地球同纬度其他地方多是沙漠戈壁，寸草不生，茂兰却是一片碧绿，野生动植物多得数不清。茂兰是亚热带森林的精粹，在世界植被中的地位非同凡响。一会儿你就会看到，森林长在石头上，森林长在清水中，还有长在漏斗里的。茂兰应该是我国亚热带乃至世界上喀斯特地区残存下来的面积最大、分布集中、原生性强、相对稳定的喀斯特森林生态系统。”

“喀斯特？”

“‘喀斯特’原来的意思是石头。有人也把喀斯特环境称为‘地球的癌症’。茂兰喀斯特森林的存在，证明了喀斯特可以美好，可以实现良性循环。贵州堪称‘中国的喀斯特省’，喀斯特地貌为贵州带来了众多的自然景观，同时也阻碍了贵州的交通。不过现在贵州不同以前，已实现县县通高速，村村通公路。”

在石上森林小憩时，老师把驱虫药膏递给我，要我给皮肤暴露部位涂搽防蚊药，还要我扎紧袖口、领口。此时我才发现，手臂和身上已有多处被蚊虫光顾过，红包凸起，又痒又疼。老师帮我在红包处涂上药膏，又交代我如果遇到成群的毒蜂，切勿惊慌，就地蹲下，用衣服遮住皮肤暴露部位。只要沉住气，一动不动，伪装成一棵树，就能避免毒蜂的袭击。

走进石上森林，只见有的树木将岩石挤裂，将树根伸进石缝，被石头包在其中，形成石包树；有的树木则在石上盘根错节，紧紧地把石头包在中间，形成树包石。

“怪石嶙峋，树木要生长，离不开土壤，于是竭尽全力崩裂石头，去寻找土壤，汲取土壤中的养分，这该是多么漫长而艰难的过程。当我心绪不好时，我常常会来茂兰，在石上森林里行走，总能得到无穷的力量。”老师对我说道。

放眼望去，附生于树干上的麒麟尾，交织于树梢枝头的多花鹰爪，犹如棉衣般穿在树干和树枝上的苔藓，好似胡须一样挂满树枝的松萝，无不绽放着顽强的生命力。这些“寄人篱下”、借树栖身的“房客”，突然让我明白一个道理：**身处逆境，除了冲破障碍，奋起直追，别无选择。**

老师见我直盯着树上那些藤蔓看，说道：

“这些附生植物自食其力，用自己的根茎和气根，吸取空气中的水分，靠自己的绿叶进行光合作用，制造养分，完全没有从树身上获取东西。那么，它们为什么要依附于树呢？是因为它们的植株十分矮小，在密密层层的雨林里，很难得到阳光的照射，为了生存，它们只好‘寄居’到那些高大的树木上去了。在树身上，附生植物获得了较为充足的阳光，能够正常生长。”

怪石嶙峋，绝处求生。一棵棵大小不一的树木，或仰卧在石头上，或挤出在石缝中，或撑破石头，横跨其间。这是一曲曲生命的赞歌，也是茂兰对地球的礼赞，我叹为观止。

“按照常规思维，我们会觉得树龄越大，树干越粗，但是在茂兰，不能以外貌取树，从外貌来判定树木花草的老幼尊卑。直径仅几厘米的小树，或许已经有几十年的树龄，直径不足一米的树木，说不定已经经历了几个世纪的沧桑。”

老师不这样说，我哪里又知道呢？仔细观察，莫不如此。有的树木矮小，不再有年轻的肌肤，枝桠也失去了青春的模样，给人的整个感觉，就好比一个经历过苦难的人，历经风雨，饱经风霜。

中午，马车停在一户人家门前。木房古老，鸡鸭成群。屋后，山林茂密，屋前，溪流成瀑。野花绽放，空气鲜嫩。村民热情，午餐丰盛。土鸡汤一钵，腊肉、腌酸肉各一碗，香肠、血豆腐各一盘，随后端上桌的有西红柿炒鸡蛋、猪油渣炒野菜、南瓜豇豆素汤、油炸米花、野菜烩豆米、折耳根拌野葱、凉拌黄瓜。米酒清甜，抿一口，唇齿留香。食材天然，爽口宜人，老师破天荒吃了三大碗米饭，我也不甘示弱，吃了两碗大米饭、两碗玉米饭，肚子虽已撑得满满当当，但看着这一桌美味，嘴巴还是停不下来。

很多年过去，我尤其对红白相间的腌酸肉记忆犹新。皮脆肉鲜，酸甜可口，小清新，不油腻。只是从此再未有机会吃到。后来从网上得知，这是荔波布依族的祖传绝技，当地特产中的特产。据说是用生鲜猪肉加入小米、花椒腌制，经过清炒、炭火烘干等步骤，密封坛中，放置三周而成。

午餐过后，老师说时间还早，要带我去螃蟹沟踩水。

“踩水？”

“嗯，你一定会喜欢，我们看过了石上森林，现在去看看水上森林。”

马车在锥状的峰丛中穿行，路况大不如前。路面坑坑洼洼，车身好似变成了弹簧，一会儿把人弹到半空，一会儿把人跌落木板。抖得最厉害的一次，我忍不住大叫起来，老师紧急刹车。

“好刺激。”我笑道。

老师也笑了起来，“驾”，脱口而出。

白马抬脚，车跌入坑中，这回我差不多仰倒在车板上。

此路艰难。笑声不断。

不久，马路变窄，马车无法前行。我们只好把马车卸下来，骑马前行。

身骑白马，一下子觉得自己很威风。要是有一把长刀在手，一定舞个不停。那感觉一辈子都忘不了，刺激又好玩。

我在马上，老师牵马前行。路不大好，马高一脚矮一脚，走得很慢。我则因为忙着浏览一路风景，有好几回差点跌落下来。

太阳光在树顶上晃来晃去，从树叶间漏下来，星星点点，落在身上。各种叫不出名字的树木绞缠在一起，或直耸云霄，或枝繁叶茂，铺天盖地，树下藤蔓绵延，杂草丛生，让人觉得深不可测，阴森恐怖。

走不多久，午餐饭店的老板追了上来，送给我们一包干草根。他有些气喘说道：

“树林里蛇多老火，搞不好会要人命嘞。进入树林的时候，嚼一段在嘴里，蛇就避开了。”

老者说完话，转身走了。我正疑惑，老师高声谢过，目送老者远去，继而转身对我轻声说道：

“这是他们的祖传秘方，我们照做就是。他们有他们的规矩，不要问为什么。”

老师说完，从包里取出一些放到嘴里，也取出一些递给我。我接过，放到嘴里，苦苦的，涩涩的。本想说什么，但什么也没有说出来，就这样跟在老师后面，继续朝前走。

走不多远，老师又从包里取出一些干草根喂到马的嘴里。阳光很快被高大的树木挡在外面，石阶消失，小路被各种植物覆盖，远处有水声传进耳朵。前行百步，水声如歌，流过青石，青石上长有各种灌木、乔木，枝繁叶茂。河水从树根流过，藤蔓从树上掉垂下来，浸入水中。太阳光从树叶间洒落下来，打在水面上，发出宝石般的光芒。老师说道：

“茂兰树多，水源丰富。水流经之处，成潭，成瀑，

在地上，成溪河，看得见，可游玩；在地下，成暗河，只闻其声，不见其形。”

走不远，只见山谷之中，流水潺潺，黄杨树立在水中，数目众多，株株好看，棵棵漂亮，好似一个天然的盆景园。

“这个季节水大，水漫在黄杨沟里，黄杨成了水上丛林。要是在春天，嫩黄花朵挂满枝头，香飘四溢，那才壮观。”老师说道。

远处的潭水和小七孔、卧龙潭、鸳鸯湖一样，颜色深蓝，我一脸纳闷，正准备开口，只听老师说道：

“荔波地处喀斯特地貌，水从富含镁离子的白云岩上经过，带走大量的镁离子，受到太阳光的照射后，光线中的红、黄、橙、靛、紫光被镁离子吸收，未被吸收的蓝绿光经过溪水反射，肉眼看去，便是深蓝。”

下马脱鞋，跳入水中，水清凉透骨。老师捧水泼我，我回击。头部、脸部、上衣很快被打湿了，久违的轻松愉悦从内心深处升起。感觉枕水先生不是剧作家，而是一个十一二岁的少年，而我也不是我，变成了一个天真无邪的小孩。我们没有心事，玩是我们的主题。来来回回，蹦来跳去，忘乎所以，尽情撒野。沉浸其中，直到筋疲力尽。

走上岸来，老师说他去方便，走进丛林。我拧干衣服，坐在石头上晒太阳。天空安然无恙，碧蓝如洗，云朵一路风尘，洁白如雪。蚂蚁在石头上结伴而行，不知名的虫子一头坠入水中。马站在树下，双眼盯着我，眼神迷离。鸟叫声传来，悦耳动听。微风吹过，气息芬芳，甘美馥郁。满眼苍翠碧绿，光芒万丈，满怀热忱，生机勃勃。我闭上双眼，大口大口地呼吸，感觉浑身从未这样舒畅过。山水树木是大自然的精华，滋养万物，让人获得宁静。美好、自由、祥和渐渐涌入内心，顿觉一切都是干干净净、清清静静。

不多时，远处传来箫声。箫声悠远而不鼓噪，引得山谷共鸣但不张扬，音色圆润而不干瘪。抬眼望去，流水之上，矗一巨石，巨石被树木掩映其中，隐隐约约，老师屹立石上，乘兴吹箫，白衣飘飘，帅气逼人，看得我如痴如醉，心中泛起说不清道不明的情愫。一曲吹罢，意犹未尽。老师跳下石头，朝我走来。

“金庸笔下的黄药师，武功盖世，才华横溢，桃花岛上，一管玉箫，蓉儿和阿蘅，相伴左右。箫声悠然，穿越千年。箫不仅是武林高手的‘伴侣’，唐朝才子的心中佳人，也是北宋士大夫的心头爱。‘桂棹兮兰桨，击空明兮溯流光。渺渺兮予怀。望美人兮天一方。’当年，苏东坡被贬黄州，写了《前赤壁赋》，‘泛舟游于赤壁之下。清风徐来，水波不兴。举酒属客，诵明月之诗，歌窈窕之章。’‘客有吹洞箫者，倚歌而和之。其声呜呜然，如怨如慕，如泣如诉；余音袅袅，不绝如缕。’”老师轻声说道，口气委婉，声音迷人。

“青山隐隐水迢迢，秋尽江南草木凋。二十四桥明月夜，玉人何处教吹箫。”我随口附和道。

“镜子帮助人们打扮自己的衣着，艺术则让人学会梳理自己的内心。吹箫是一门艺术，能够让我的内心获得宁静。”老师话音落下，来到我的身旁。

他把箫递给我，我拿到手上，感觉手感极好，箫身上点点斑斑，刻有一枝梅花和清代诗人黄景仁的诗句：“几回花下坐吹箫，银汉红墙入望遥。似此星辰非昨夜，为谁风露立中宵。”仔细看，还有秦顺几个字，想必那是制作人的名字。

老师见我疑惑，随口说道：

“你可能想不到，这箫来自铜仁玉屏。玉屏极美，有诗赞其‘舞阳河水清似玉，隔河山峰耸如屏。’‘仙到玉屏留古调，客从海外访知音。’别看玉屏小，生产的箫笛却扬名四海，与茅台酒、大方漆器一起被称为‘贵州三宝’。箫笛是中国传统乐器的代表，古人称为管、竹，与琴瑟相配，因成管弦、丝竹。我这箫用的是香妃竹，是当地箫笛大师秦顺的作品。玉屏的箫笛之形在于选择的竹子，神却来自制作工艺。一支好的箫笛，形神俱佳，需要经过选材、烘烤校直、画线打孔、校音、雕刻等环节。仅雕刻就有捌、戮、划、剔、凿、挑、剜、拓八种刀法。千般不易。秦顺从小喜欢箫笛，立志要成为做箫笛的专家，经过数十年如一日的努力，终于实现了自己的愿望。正所谓：**万水千山走遍，不摇不摆，矢志不渝，一切皆有可能**。世上，小到工匠，大到成为有影响的大家，首先要立志。大思想家王阳明说：‘志不立，天下无可成之事。’一个人若无志向，就如同船没有舵，马没有衔，一辈子如无头苍蝇，只能随波逐流，人生就是一团浆糊，就是一盘散沙。用今天的的话讲，志向就如同定盘星、指南针，决定人生之路的平衡和方向。我们周围的很多人懒散堕落，荒废学业，一事无成。就是因为从未立过志。**不立志，难成事。一个人没有立志的时候，人生就没有方向。得过且过，浑浑噩噩度日。人不会有上**

进心，人生没有可能。西苏，你将来最想做什么呢？”

“我喜欢设计，可爸爸不喜欢，他要我做公务员。”

“西苏，你能行。从今天起，你就立志做一名出色的设计师。芬兰的设计全球一流，芬兰诞生过伟大的建筑师和设计师阿尔瓦·阿尔托（Alvar Aalto）。首都赫尔辛基是全球名气最大的设计之都，他们的设计不得了，被全球推崇。智能手机出现前，芬兰的诺基亚一直是手机中的时尚符号，每次新品发布时的盛况不亚于今天的苹果手机。芬兰设计师的灵感源自大自然，讲究实用和可持续性，从一个花瓶到一座房子，它方便实用，就会代代相传。很多年过去了，设计师的作品依然不过时。西苏，要成为一名出色的设计师，第一步，先实现去芬兰留学。你可以试试，当你立下志向，就会满血复活。”

我突然觉得，老师说得很在理，我之所以觉得浑身没劲，可能真是没有人生方向所致。可我的人生方向又是什么呢？我的爱好又是什么呢？我喜欢裁剪，喜欢动手，我想做服装设计师。可是这个想法说出来后，很快被爸爸打入冷宫。在爸爸心中，除了公务员，其他职业都不入流。想到这里，我捡起一颗石子打入水中。老师学我，也捡起一颗石子打入水中。他打的石头比我的远，在水面泛起了很大的水花。他在我身旁坐下来，说道：

“这片宁静的山水常常让我想起芬兰的湖泊。芬兰被称为千湖之国，湖泊很多，大大小小，有六万多个。而且每个湖的水都很清澈，在每个湖边大都会有一个小木屋，小木屋里有柴火，你只要喜欢，就可以在那里烧烤。那年我在一个叫松港的小地方，度过了一个愉快的下午。在我们一行的其他人去看松香的时候，我抓拍到一张照片。两个芬兰人，一男一女紧挨着，坐在一起聊天。他们背靠木屋，面朝湖水，湖水微澜，篝火熊熊，万物宁静。两人已经白发苍苍，那一瞬间，让我思绪往前涌，继而写下这样一段话：

“‘她说我已记不得他了，而他一直记得我，记得我青春时的模样，记得我干净的眼神，还有脆如花生米般的笑声。他说很多年前的一天，松香醉人，太阳不落，岁月静好，篝火不熄，世界仿佛只剩他和我。一池湖水，静默神秘，两个人就坐在这，没完没了，直到歌声像雪花一样飘落。’

“芬兰就是这样的地方，它的无处不在的宁静之美，总会让你涌出很多的想法，让你获得无与伦比的愉悦。”

伴随着老师的话语，看着清澈见底的流水，水中平静

如松的黄杨，我顿时觉得，如果真的以去芬兰为奋斗的目标，一切皆有可能，芬兰离我好像不再遥远。

突然，老师站了起来，一动不动了。他伸出手，示意我不要出声。在离水不远的密林深处，只见几只大鸟正在林中漫步，体态丰盈，悠然自得。大鸟体白，黑纹密布，脸红翅白，头顶鸡冠，冠如发丝。老师轻声问我：

“有没有读过李白的五言律诗《赠黄山胡公求白鹇》？”

我一时想不起来，直摇头。

只听他轻声说道：“‘请以双白璧，买君双白鹇。白鹇白如锦，白雪耻容颜。照影玉潭里，刷毛琪树间。夜栖寒月静，朝步落花闲。我愿得此鸟，玩之坐碧山。胡公能辍赠，笼寄野人还。’这首诗写的就是这种大鸟——白鹇。白鹇自古就是名贵的观赏鸟。《禽经》记载‘似山鸡而色白，行止闲暇’，因此宋代李昉所畜养的五种珍禽中，白鹇即被称为‘闲客’。明朝和清朝都把白鹇作为五品官服的图案。诗仙李白喜欢养鸟，乐此不疲。李白在青城山时养过白鹇，但因野性较强而驯养失败。黄山隐士胡公养有一对白鹇，是由家鸡孵化，驯服好养，李白钟爱，胡公送给他。李白欣喜若狂，马上写了带有序文的《赠黄山胡公求白鹇》五言律诗赠送胡公。并在序文中透露了他热衷此道的心情：‘此鸟耿介，尤难畜之。余平生酷好，竟莫能致。而胡公辍赠于我，唯求一诗，闻之欣然。适合宿意，因援笔三叫，文不加点以赠之。’在诗中他以白鹇与白璧相提并论，以白锦喻白鹇毛色之美，表达自己得到珍禽后的欣喜之情。请以双白璧，买君双白鹇。”

在老师的轻言细语中，白鹇慢慢隐没在森林中。要不是老师解释，我不过认为，今天的所见不过是一只鸟，一只从未见过的鸟而已。永远不会想到李白，想到更远更多的东西，不会觉得这森林是如此的丰富多彩，一点都不陌生，与我是如此之近。老师无所不知，让我钦佩不已。

按原计划，老师还要带我去螃蟹沟看螃蟹，他说这里有一种螃蟹，形似蝴蝶，长约 15 厘米，宽约 9 厘米，背部都有蝴蝶斑纹，以橘红色为主，配有蓝白线条。这种螃蟹很敏感，人走近时，它会迅速钻进巨石下，藏入其中。但老师看到太阳远去，时间不早，只好放弃，带我朝漏斗森林走去。

四周群峰耸立，中间向内凹陷，森林覆盖，形如大型漏斗。进入漏斗森林，各种植物的香气，腐叶、腐木被水浸泡的气味，混合进入鼻腔。入眼皆是陌生物种，叶子深绿，花色多种，红、黄、蓝、紫。树干如墙，截住视线。阳光如棉絮，从树尖抖落，挂在树干上，光影斑驳。抬头眺望，大树如利剑，直插云霄，好像要把天空戳破。低头前行，蜘蛛网防不胜防，各种不明植物混杂求生，纠纠缠缠，难舍难分，不用镰刀，寸步难行。溪水潺潺，黑洞幽深，藤蔓缠绕，根系插入石缝裂隙，盘根错节。树多在夹缝中求生，造型多样，奇绝诡异。树根系石块，有如巨人屹立，石破天惊；树根盘陡岩，有如瀑布倒悬，叹为观止。虫鸟叫声，不绝于耳。循声望去，鸟身大小不一，颜色多种，有的胆大，与我们对视，有的胆小如鼠，瞬间消失于从林，觅无踪迹。松鼠性格暴躁，从树枝上滚落在地，又滚爬起来，跌跌撞撞，落荒而逃。

树与树相拥，根与根相连，越往里走，越觉得艰难。脚下布满各种各样的植物，种类繁多，高矮不一，有带刺的，有不带刺的，有很多长相丑陋的小虫子，在上面爬来爬去，一脚踩下去，全是凶险。老师一边用镰刀开路，一边说道：“我上个月还走过。一个月没有人走，植物又把路霸占了。”前行不久，有小惊喜，有野果，红色的，很诱人，他摘下来，递给我：

“尝尝，一辈子能吃到这么纯天然的野果，次数实在有限。”

我接过，放到嘴里，有点甜，有点酸，有点涩，很是喜欢。

“再来一些。”我对他说。

他捡起地上的一根干树枝，把高处的野果枝拉了过来，只见枝椏上长满了倒刺。果实乌黑，味道有点甜有点酸。吃了几颗，只见他的嘴唇都变黑了。

我问他是不是有毒。他笑，又摘了几颗往嘴里送。

“这是黑蒄。无毒。”

随后，他又教我认识了一种树身带刺，圆溜溜的红籽儿。

“红籽儿也叫救兵粮，果实、根、叶均可入药，有清热解毒之功效。春季看花，冬季观果，滤尘效果好，对二氧化硫有很强的吸收和抵抗能力，也用作城市绿化植物。”他说。

一路往前走，山茶花、金樱子、冷饭坨、猫屎瓜、红刺果、八月瓜、金勾勾、万寿果、牛茫茫等山中野果，纷至沓来，经他解释，从此不再陌生。

“在野外多认识些野果，就是迷路了，也不怕挨饿。这个季节也是芬兰的夏季，要是我们此刻在罗瓦涅米的森林里走，不会这么费劲的。而且，蹲下身子，闭上眼睛，伸伸手，就能吃到蓝莓。”

“怎么会？芬兰人把蓝莓种在森林里吗？”我喜欢吃蓝莓，忍不住急问道。

“不是种植的，是野生的。罗瓦涅米的森林和茂兰的森林完全不一样。夏天，走进罗瓦涅米的森林，松树稀疏，桦树寂寞，不阴森，不恐怖。树下无杂草，简洁干净。野生蓝莓，齐整似兵，蘑菇如星，点缀其间。苔藓害羞，松软如绵。阳光从树上洒落下来，打在衣服上，透过肌肤，进入身体，暖暖的。摘一颗蓝莓放入口中，嫩嫩的，甜甜的，酸酸的，那才叫幸福快乐。”他说道，绘声绘色。

“听老师这么一说，让人身临其境。罗瓦涅米和茂兰，两个地方的森林，真是天壤之别。”

“是呢。到夏天，是采摘野果的天堂，芬兰森林对全世界人民免费开放，谁都可以到森林里采摘。芬兰人非常热爱森林，几乎每户人家都有自己的森林木屋。一到假期，他们都会到森林里度假。夏天，鸟叫虫鸣，万物生机勃勃，白天在森林采摘野果，烧烤，晚上在湖边举行晚会。好玩的是，当地人在森林的最高处建有情歌场，年轻人常常会在夏天，到情歌场对歌。”

“如果您身在其中，一定又会觉得穿越了，来到贵州。”我笑道。

“真是神奇，在地球的两端，居然如此相似。当时是什么吸引老师去芬兰的呢？”

“当时吸引我走进芬兰的除了北极光，另外一个就是教育。芬兰的教育闻名全世界。学生非常幸福，不会被堆积如山的家庭作业困扰，也不用担心分数，因为老师从来不会在课堂上公布分数。对于成绩差的学生，老师会单独辅导，而不是让他的成绩更差。老师都很厉害，一般人可做不了老师。申请师范专业的学生最终要被刷掉九成，只有一成会被录取。老师受人尊敬，待遇也很好。芬兰的孩子没有课后作业，因为在课堂上就把当天所学消化完了。芬兰的老师为了一节课，要花费四小时去备课，所以效果明显。老师根据孩子的情况调整课程。而且，西苏，你知道吗？他们没有统一的教材，也就是说，每个老师都用自己编的教材上课。当然，老师会把自己的教材放到公共平台，大家共享。在我们国家，孩子们的玩具多是模型，大人担心不安全，不让你去动真刀。在芬兰，小学的孩子开始做木工，刀具都是真家伙，在确保安全的情况下，让孩子‘真枪实弹’锻炼动手能力。我印象最深的是，他们的课堂环境和学习氛围非常轻松。孩子们用的桌椅，可以手动调节高矮，孩子们听课时，也相对自由，想站就站，想坐就坐，孩子们可不会像我小时候去上学，上课铃声一响起，老师走进教室，非常严肃，一本正经地说：‘同学们不许乱动，把手背起来，坐正坐直，我们现在开始上课了。’”

老师话音未落，我忍不住笑出声来。老师对芬兰学校的描述，让我想起日本作家黑柳彻子笔下的学校巴学园。我想起小时候，听《窗边的小豆豆》，特别向往故事里的学校巴学园，做梦都梦见自己在巴学园上学。巴学园不仅有海的味道、山的味道，关键是同学们每天都可以根据自己的心情自由选择自己喜欢的座位。有趣、好玩，又能长知识，不用为考不好而睡不着、担惊受怕。爸爸告诉我说，世上哪有巴学园那种学校？要是真有那种学校，孩子们还不闹翻天啊。当学生就要安安静静、正正规规，坐有坐相、站有站相，学习要有学习的样子。

如果人生可以重来，可以选择，我想读书，芬兰是我的首选。一想到课堂上可以坐那种自己可以调节高矮，甚至可以转圈，老师也不会管的椅子，我对芬兰的好印象又加深了一成。

“当然，孩子们也有家庭作业，就是半个小时的阅读。芬兰教育特别重视阅读和写作。图书馆随处可见，也难怪芬兰人的阅读时间名列世界前茅。不追求精英教育，平等是芬兰教育精神的核心，芬兰的学校没有好坏之分，学校校校平等，学生人人平等。”

一边说，一边前行。我看见前面有棵小乔木，上面挂着一块木板，木板上歪歪斜斜写着：“咬人树。”

“老师，小心。”

老师没有看见，我赶紧提醒老师。

“哈，那是漆树。过敏性体质的人碰到它，可能会起毒疮。你不是过敏性体质吧？“

“不是。”

“那就不用害怕。这里的老百姓，心地善良，他们是以这样的方式提醒进入景区的游客，避免受到伤害。在荔波生活，类似的提醒让我明白：**我们都是这个世界的匆匆过客，谁都逃脱不了转瞬即逝的命运，既然无法留下足迹，无力留下声音，那就争取留下一束光，照亮后来者的旅程**。你想象不到吧，我曾经喝过漆树的汁。很多年前，在湖北恩施的毛坝镇，当地人相信漆汁可以杀死蛔

虫，在体内产生过敏抗体。我在村民的鼓励下，喝过一小口漆汁。”

“喝下去会肚子痛吗？”

“刚刚割出来的漆汁颜色乳白，入口有木纤维清香，但吞下后，满口的苦。幸运的是，它并没有让我产生不良反应。”

“我们用的家具的漆也是来自漆树吗？”

“不是，我们现在的家具用漆基本上都是化学合成涂料，不仅含有甲醛和苯化合物等致癌物，而且漆过的家具摸起来是冰冷的。如果是漆树漆的家具，不仅没有对人体有害的物质，有意思的是家具表面光亮耐腐，坚韧如盔甲，能防潮、防虫、耐热、耐酸、耐土壤腐蚀，经年累月，不腐不烂，摸起来，会觉得像婴儿的肌肤，光滑如凝脂，很有温度。但遗憾的是，生漆在固化前，容易引起人体肌肤过敏。因而令人生畏，让很多人望而却步。”

“好东西都是古人用得多。”爸爸曾经和我说过这样的话。

“你爸爸说得对，我们从如胶似漆、眼如点漆、漆黑一团这些成语中，就可以看出生漆在古人的生活中一直不可或缺，扮演着重要的角色。生漆作为天然的防腐涂料，在我们国家已有八千多年历史，也被称‘国漆’。毛坝漆、城口漆、大方漆、安康漆和始建漆被称为五大名漆。在生漆界，流传一首诗：‘方漆清如油，照见美人头，摇动虎斑色，提起钓鱼钩。’这首诗说的是贵州大方县产的漆，光泽和质地非常好，光亮如油，都能照见美人的模样。大方漆好，成就了扬名四海的大方漆器。关于大方漆器，要从过去说起。东汉年间，大方的古彝人在狩猎和征战中学会了使用生漆，以水牛皮为胎坯，用色调漆涂髹，制成酒、乳、茶具等革器，这是大方漆器的雏形。明洪武年间，彝族女政治家、贵州宣慰使奢香夫人，把大方土漆研制成的朱漆作为贡品上贡，受到皇帝赞赏。此后，大方民间髹漆艺人在革器的基础上又自创了皮胎漆器，漆器光泽达到‘朱红推光似珊瑚，黑漆推光如墨玉’的境地。现如今，黑红相衬的大方漆器再得到突破，出现在人们眼前的工艺品不仅民族气息浓郁，而且艳丽多姿，五彩缤纷。”

“那漆树的漆汁是自己掉下来吗？”我问老师。

“不是的，全部靠人工割下来。茂兰是保护区，这里的一草一木受到保护，漆树不会被割。‘芒种绑树，夏至开刀，过了霜降就收刀。’这是漆器之乡大方的割漆口诀，那里的漆树可是被人千刀万剐。生漆的采集是一门技术活，又苦又累。可以用‘百里千刀一斤漆’来形容。割漆人不仅要掌握柳叶尖、半边月、草鱼头、牛耳朵等刀法，还要懂得避开‘水路’，只取‘漆路’。所谓‘水路’就是树皮中输送水分和营养的纤维通道，它像血管，分布在树皮两端，不能让其受伤。”

一棵树居然隐藏着这么多学问，真是让我大开眼界。看着身边的各种植物，我对它们几乎一无所知，而随便选择任意一种问老师，他都会娓娓道来，关于它们的来龙去脉、前世今生，仿佛他一同经历过一般，绘声绘色、妙语连珠。我自叹弗如，对他佩服得五体投地。

继续前行，只见石缝中、树丫上长有很多兰花。只是不是兰花开花的季节，看不到花，但兰花叶子茂盛，绿意盎然。茂兰，是不是由此而来？我想。准备开口问老师，真是心有灵犀，只听老师说道：

“为什么古人将这片荒无人烟的原始森林取名为‘茂兰’？我想，或许与森林中品种繁多的野生兰花有关。原始森林，潮湿阴暗，岩石裸露，苔藓地衣，为兰花提供了良好的生长环境。据科研人员发现统计，有 150 余种野生兰花在此安家落户。其中，有一种兰花让英国皇家植物园的副园长、世界知名兰花专家菲利普（Philip Cybb）爵士牵挂近 30 年。

“上个世纪 80 年代初，菲利普爵士在朋友家花圃看到一株兜兰。这株兜兰三片花瓣洁白如雪，一片花唇花瓣膨大成兜状，形似女士拖鞋。菲利普爵士在此之前，从未见过。经过研究，他确定这株兰花是一个新种，为其命名为白花兜兰，并向世界公布了这一发现。可这株兜兰究竟来自地球何处呢？经过诸多努力，他仍未找到答案。1997 年，科研人员在茂兰崖壁上发现了白花兜兰，悬在菲利普心中的谜团从此解开。2001 年 5 月，菲利普爵士不远万里，专程从伦敦来到茂兰，只为看一眼近 30 年来让他朝思暮想的白花兜兰。”

太阳西行，渐渐远离山谷，暗淡下来的森林变得更加深不可测。每一棵树、每一株藤、每一朵野花，我对它们来说都是那样的格格不入。这让我觉得，它们在凝视我，它们在防备我，它们在聚集能量，要把我置于死地。

走不多远，太阳远去，暮色四合，四周变得更加幽暗神秘。老师拿出指南针，比画一番，对我说道：

“我们必须在天黑前，找到可以栖身的地方。西苏，你饿吗？如果饿，先吃点饼干，喝点水。”老师一边说，一边转身从包里取出饼干和水递给我。我接过水和饼干，很快放入口中。

穿过几棵大树，有巨石立在树林中，巨石如水槽，有一汪水，水色青绿。夜幕降临，光线暗淡，百鸟归巢，林海热闹起来，不时有鸟儿从头顶飞过，也有鸟儿停在树枝上朝我们鸣叫。一摊鸟粪从树枝上掉下来，打在老师的背包上，热气升腾。我顿感恶心，食欲烟消云散。我捡起一根树枝寻那作恶的鸟，抬头时却有一片落叶砸在脸上。还好，只是落叶，我暗自庆幸。蜘蛛网无处不在，虽然老师在前面开路，但走着走着，头和脸都被网住了，不得不后退一步，伸手把头脸弄干净，再拿起树枝朝前方一阵挥舞。

继续前行大约 100 米，树木不再绵密，地方渐显宽阔。老师停了下来。他放下背包，拿起刀在一棵大树下劈出一小片平地，然后用一根树枝围着小平地的外围画了一个圈。围绕树枝画过的线，他撒上了雄黄粉以防虫蛇。

一停下来，我顿时感觉时光仿佛一下子进入了寒秋，身上凉飕飕的。我翻出外套，穿到身上。老师再次把防虫药膏递给我，要我仔细地涂抹在脚、手臂、脸部和额头。我照做后，刚才还围绕我，不断对我发起攻击的不明蚊虫，渐渐远离。

老师从背包里取出一张桌布，抖开，铺展到平地上。然后取出馒头、牛奶、牛肉干、火腿肠等食物。又从另外一个袋子里，小心翼翼地拿出了葡萄酒杯和葡萄酒。他很认真地把它们一一摆在地上，然后伸手示意，请我落座。

吃过面包，喝过牛奶。白日如兵，撤得片甲不留。四周漆黑如墨。我看不见老师，老师也看不见我。我们仿佛坠入深不见底的深渊。老师轻声要我深呼吸，闭上眼睛。一会儿，只听他又轻声说道：

“好风景总是藏在人们不容易抵达或是抵达后危险重重的地方。不经历风雨，怎么又能看见彩虹呢？今天的森林冒险是值得的，奇迹出现了，睁开眼睛吧。”

我睁开眼睛。周围全是萤火虫。晶莹剔透，蓝光闪烁，你追我赶，浅唱低吟，一只只，一群群。流光溢彩，忽明忽暗，若隐若现，犹如繁星涌动，让人迷恋，美轮美奂，无以形容。毋庸置疑，它们是魔法师，把森林打扮成了璀璨夺目的奇幻世界。一切是如此的不真实，我以为这是梦境，这是幻觉。直到我接过老师递过来的葡萄酒抿了一口，才如梦初醒，这一切是真实的，摸得着、看得见，感受得到。我和老师在茂兰原始森林，一边看萤火虫狂欢，一边喝葡萄酒。这是多么奢侈的事情。

老师不说话，笑着朝我举杯。我也什么都不说，我们用微笑交流。我们就这样喝着，一口一口。我不懂葡萄酒，算得上葡萄酒酒盲，不过很多年过去，依然能记得这葡萄酒的味道，以至于后来，到设计公司上班后，这葡萄酒就一直伴随着我，我迷恋着它，这一生一世都离不开它了。每逢重要聚会，我会带上这款葡萄酒。老朋友们都很懂我，不用提醒，他们会提前准备好法式鹅肝。这酒和法式鹅肝是标配。法式鹅肝细腻柔滑，入口即化，这酒的甜味能提升鹅肝的细腻感，酸味能化解鹅肝的油腻。

“干了这一杯。”这话语一直在耳畔回荡。是的，那个晚上，老师说了很多很多话，像萤火虫一样多，声音轻轻的，像萤火虫一样轻。

“现在要见到这么多的萤火虫，也只有茂兰这样的地方了。城市的灯光、化肥和农药都是萤火虫的天敌。人来人往的地方，见不到了。来，为今晚这难得的萤火虫之夜，干杯。”

老师干了，我抿了一小口。萤火虫环绕着我们，好似春风环绕着我们。只听老师又说道：

"好酒要选好环境，才能喝出它特别的味道。贵腐，我就珍藏了三瓶，这是最后一瓶，第一瓶是在旅行途中喝掉的，那是很多年前，我在川西旅行，偶遇几位重庆驴友：喜欢拍照的文艺青年凌成长；性格豪爽，有大企业家风范的周天彬；常年奔跑不止，喜欢马拉松的任兴中；热爱旅行，注重养生的沈建国。在川西3000多米海拔的地方，晚上我高反，他们竭尽所能给予我帮助。为了感谢他们，我半夜拿出贵腐给大家喝。酒店里没有高脚杯，也没有酒杯，用的是土碗，我以为他们会喜欢，谁知道，其中一位抿了一口，就没有再动它，而另外一位问我，'这是啥子东东，没得我们重庆的高粱酒好喝'。我想，他们都是懂酒的，只是喝的地方不对，好酒也要有好的心境和美的环境才行。后来我和他们去到若尔盖，风清日暖，细草如茵，雪峰耸立，天蓝风软。极致的美景，让我觉得要是这个时候拿出来喝，他们一定能感受到它极致的味道。"

"贵腐，是贵州产的吗？感觉这个名字有点怪。"我问老师。

"哈，不是，不是，贵腐与贵州无关，这酒产自新西兰东海岸的奥蒙德。奥蒙德背靠青山，面朝大海，阳光

充足，空气纯净，气候温暖干燥，为琼瑶浆提供了绝佳的生长条件。我喜欢奥蒙德的美景，也慢慢爱上了维诺堤玛（Vinoptima）。

“维诺堤玛酒体醇厚、香气馥郁，获奖无数，是琼瑶浆界的不朽传奇。维诺堤玛的掌门人尼克出身于具有300年酿酒史的家族，是新西兰赫赫有名的酿酒大师。维诺堤玛酿制有珍藏、特级珍藏、晚收和贵腐四个种类的琼瑶浆葡萄酒。四个种类中，要数贵腐最难得。贵腐贵腐，不腐则不贵。传说世界上的第一瓶贵腐酒诞生在匈牙利。300多年前，土耳其军队入侵匈牙利。当时正值葡萄收获季节，为免遭土军劫掠，农人推迟采摘。最后葡萄因晚摘，水分收缩，表皮变薄发皱，并泛起一层霉菌。农人迫于无奈，还是拿去酿酒。出乎意料，‘烂葡萄’酿出了从未有过的美酒。贵腐从此问世。贵腐源自贵腐菌，获得一瓶贵腐酒真的是跟买彩票一样，要看运气，因为葡萄在成熟过程中，有时根本就感染不上贵腐菌。贵腐虽好，知音难觅。第二瓶是在这里喝完的，那个晚上，我一个人来看萤火虫，一瓶贵腐慢慢地品。贵腐在极致的环境里才能生产出来，也只有在极致的环境里喝才能品出它独特的味道。来，这一杯敬萤火虫，感谢它们让我们真正感受到贵腐无与伦比的味道。”

我不懂酒，咽一口，只觉得润滑如油，细腻如丝，有一股水泡的朽木的香气。一个晚上，这香气一直在口中回旋，挥之不去，我变得文艺起来：

“老师，茂兰是大自然对人类最好的恩赐，贵腐也是，很高兴认识您，在最美的地方品鉴最美的味道。来，我敬您。”

“我也很高兴在荔波遇见你。这个晚上，看到你举杯的样子，让我突然想起我的小说《在慢慢的时光里等你》。西苏，你随意，我干了。感谢你给我带来了新的灵感。”

“老师，您的声音真好听，好像台湾作家蒋勋的声音。”

“我原来的声音不是这样的，可能是近朱者赤吧，上中学时，常常收到台湾朋友送的蒋勋老师讲课的光碟，很是喜欢，听多了，模仿他讲话，时间长了，可能也有了他的调调。”他放下酒杯笑道。

“我看过一篇报道，说是著名影星林青霞对蒋勋老师的声音很痴迷。”我说。

“在林青霞生命中最黑暗的时期，是蒋勋救了她。当时，林青霞父亲病重，她失眠，香港的八卦杂志拍到她进出心理诊所，说她情绪失控，到精神科求医。她的好朋友为了安慰她，送她一套蒋勋的有声书。她一听，着迷了。此后，她每周五都会抽出时间，从香港飞到高雄，听蒋勋讲文学、说《红楼梦》。蒋勋说到动情处，林青霞会流泪。林青霞说，很多人把她当偶像，而她的偶像是蒋勋老师，蒋勋老师的声音是她的半颗安眠药，能让她的内心安定下来。林青霞说的是心里话，我也很迷恋蒋老师的声音，他的声音抑扬顿挫、醇厚而富有磁性，听过后，很少有人能对此‘免疫’。很多年前，我一直向朋友们推荐古典名著《红楼梦》，可很多人喜欢不起来。后来我让他们听蒋勋讲《红楼梦》，正是他的声音，让他们一个个在最后都成了‘红迷’，爱上了曹雪芹先生描绘的万千世界。”老师笑着说道。

“蒋勋老师的声音有很强的杀伤力。我记得高一新学期开学不久，新来的地理老师在课堂上播放蒋勋老师讲的《吴哥窟》，之前闹哄哄的课堂很快鸦雀无声。”我说。

“《吴哥窟》的语音我倒是没有听过，但曾经读过蒋老师写的《吴哥之美》。因为《吴哥之美》，我还专门去了一趟高棉，不，是跑去柬埔寨，柬埔寨过去叫高棉，讲到柬埔寨，我满脑子都是高棉。我游览了世界上最大的庙宇——吴哥窟。作为世界上最早的哥特式建筑，吴哥窟原始的名字是 Vrah Vishnulok，意思为‘毗湿奴的神殿’，中国佛学古籍称之为‘桑香佛舍’。那趟游览，至今留在脑海里的是像《金刚经》一般的微笑。阇耶跋摩七世晚年为自己建造的陵寝寺院巴扬寺，49 座尖塔上，有百个大佛头，黎明到来，曙光照射，一尊一尊，安详微笑，慈悲静谧。这让我想起蒋勋先生说过的一句话：‘《金刚经》的经文最不易解，但巴扬寺的微笑像一部《金刚经》。’”

这时候，才感受到什么叫书到用时方恨少，在枕水先生面前，我知道的东西太少了。他说的东西我听得云里雾里，我感觉自己在他面前，渺小如蚁。

萤火虫纷飞若花，场面幻化若诗。一阵死寂过后，老师见我不说话，可能认为我在认真地听他说，他继而接着说道：

“听朋友说，蒋勋老师受母亲影响，经常吟《金刚经》和打坐。我有一次在台北，见他脖子上围一条红围巾，身穿一件棉质衣服，脚穿一双休闲鞋，淡定从容，举手投足，禅味十足。”

“我有时也吟诵《金刚经》。”这“胡说”突然从我口中冒出来，感觉十分不妥，但说出来的话，泼出去的水，却收不回来了。好在老师没有听到，专心致志，看萤火虫飞上飞下，飞远飞近。

寒气袭人。老师找来一些干燥的落叶，把落叶铺在干燥的地方，取出帐篷，借着萤火虫光，开始搭帐篷。

树木不再如白日般焦躁不安，而是沉寂如海，只有在起风时，叶子欢歌，声音好似惊涛拍岸。

帐篷搭好了，老师要我到里面去睡。他说，他晚上可以不睡觉的，他常常打坐到天亮。

此时我已经非常困了，眼皮一直在打架，索性直接进入帐篷，合衣倒在垫上。我从未在野外的帐篷里睡过，倒下去后，仍然感觉四周有不明生物在盯着我。我虽然困得不行，但也无法迅速入睡。更可怕的是，此刻从树林深处传来几声鸟叫，悲戚起伏，好像死人的呼唤。我不知道那是什么鸟，突然想起爸爸曾说过，在南美洲原始森林里有一种死神鸟，有野兽将死，这种鸟就会在树顶盘旋。我突然觉得我就是将要死去的野兽。胡思乱想间，只听老师的声音在帐篷外响起：

“西苏，你相信你妈妈一定在秀寨吗？”

“相信。”

“那为什么秀寨的人都没有听说过呢？”

“不知道。”

“你妈妈不在秀寨。”

“那在哪里？老师。”

“你找到自己，一切会有答案。”

“老师，我不明白，怎么才能找到自己。”

“找到自己，有一条远远的路和一条近近的路，你愿意走哪条？”

“当然愿意走近路。”我已睡意全无。

“你相信我吗？”

“当然。我一直信任老师。”

“那你先答应我，我告诉你最近的路，你照着去做就好，不要问我为什么。”

“老师，我相信你，我答应你。”

“最近的路，就是回学校去读书。”

“老师？”我想打断他的话。

“西苏，人生一世，容颜易老，世间一场，情薄如纸，只有才华经得起考验，不害怕苦难偷袭，不畏惧岁月摧残。而你要拥有才华，唯有重返校园。”

“可是，老师，我要找到妈妈。”

“你有才华了，你自然就会找到妈妈。”

“才华和妈妈没有必然联系。”

“西苏，你若相信我，就照我说的去做。”

我没有回话，只听他又说道：

“我们俩来一个约定，怎么样？西苏。”

“老师，什么约定呢？”

“就是你回去后好好读书，你的目标是两年后到芬兰去留学。而我呢，完成一直未完成的小说《在慢慢的时光里等你》。每年冬至前后，极夜如期而至，圣诞老人的故乡罗瓦涅米 24 小时星光不灭，差不多连续两个月，会看不到太阳升起。与此同时，另一奇观会璀璨绽放，那就是北极光。北极光是日食月食之外，地球第三大壮丽天象，未见之人，心心念念，见过之人，心醉魂迷。西苏，11 月是看北极光最好的时间，就定在 22 日，我们在罗瓦涅米的圆顶玻璃屋见。玻璃屋的老板我认识，回去后，我就给他写信，先把 7 号房间预留下来。”

老师话音落下，四周恢复死寂。我的眼眶湿润了，感觉仿佛是在做梦，一句话也说不出来。只听老师在帐篷外又轻声道：“西苏，西苏。你听到了吗？睡着了吗？

我刚才说的，你听到了吗？我们就这样约定好不好？到时候，你可以一边看北极光划过天际，一边听我读小说《在慢慢的时光里等你》。”

“西苏，听到了吗？当然，那个时候，你已找到妈妈了。”我没有回应，他又补充道。

“嗯。”我破涕为笑，本来好想大声地说，太好了，我太兴奋了，但还是克制住了自己，只是轻轻地回应“嗯”，连“谢谢”也忘了说。

萤火虫已经走光了，一只不剩，森林恢复如墨的漆黑。想到两年后，我将与枕水先生在玻璃屋看北极光，听他读小说，我无比兴奋。但想到没有能在秀寨找到妈妈，我又感到很沮丧。躺在帐篷里，辗转反侧。不过，我坚信老师说的是对的，返回学校是找到妈妈的捷径。我暗自下定决心，无论如何，回上海后就重返学校，有多少艰难都要突破，目标是到芬兰去留学，不能辜负老师的期望和约定，不能辜负，不能辜负。想到这，只听帐篷外面的老师又说道：

“西苏，你睡不着，让我想起那年我在芬兰的夜晚。8月，芬兰的夏天，我住在湖边的木屋里。木屋外有两棵

树，一棵是白桦树，一棵是松树。湖水清澈，湖心有一个小岛，岛上树林郁郁葱葱。火车声从远处传来，长啸如狮吼，人家灯光映在湖水里，晶莹剔透，犹如少女的眼睛。时间仿佛静止，永不落幕的午夜阳光让我无法入睡。我每天睡不到两个小时。多数的时间是在客厅，面对窗户发呆。那晚，我喝伏特加，一杯又一杯，大脑昏昏沉沉。窗外的湖水泛起涟漪，白桦树枝在飘动，我忍不住站起身来，推开门。我朝湖边走去，一步一步，小心翼翼。来到树下，只见一只松鼠拖着一个东西从树洞里钻出来。我吓跑了松鼠，东西掉落在地，细看是一本书，松鼠不知去向，我拾起书回屋。书中夹有一张照片，一张大合影，合影下面从左至右写道：LIGUANGJIE、ILKKA、SHILUN、SHIDINGYUXUAN、WUFAN、KONGFANHONG、YANXIAOMING、WEIJIEYING、YUQINGMEI、JIANGWEIPING、QUANYUHUA、CHENHONGMU、CHENZHENGPING、YAOBIXIANG、YAOYUXIN。

“打开书，扉页上有一段文字：

“‘从地球的这端到那端，要穿越多少云朵与星空；从人生的这端到那端，要经历多少牵挂与羁绊。人生的每一步都不会白走，生命的每一次相遇都不会无缘无故。

有人站在某地，只是因为等你。你在某地停留，只是因为要与某人重逢。’

“我把破损的封面拼凑起来，是‘卡莱瓦拉’几个字。后来正是这部闻名世界的芬兰英雄史诗《卡莱瓦拉》，伴我入睡，让我战胜漫漫极昼，告别失眠。也因为那些夜晚的美好相伴，很多年后，我依然能够背诵书中的诗句。”

我的渴望逼着我，
我的智力催着我，
我得开始我的歌唱，
我得开始我的吟咏。
我要唱民族的歌曲，
我要唱人民的传说。
歌词流到我的嘴边，
立刻轻轻地坠落，
我的舌头一编成，
齿缝间就透出歌声。
亲爱的朋友和兄弟，
所有最心爱的伴侣！
让我们一起歌唱，

把我们的心情畅叙，
我们终于在一起了，
从两个远隔的地区。
我们很难得会面，
我们很难得团聚，
在阴暗的北方的国家，
在寂寞的波赫亚。
让我们的手儿相牵，
让我们交叉着手指；
我们要欢乐地歌唱，
尽我们最大的努力，
我们的亲人倾听着，
倾听着我们的教导，
新生一代的青年们，
在我们身边围绕，
学习这神奇的字句，
记住这歌曲和传说：
万奈摩宁的腰带，
伊尔玛利宁的熔炉，
高戈蔑里的刀尖。

尤卡海宁的弩箭，
在波赫亚遥远的边境，
在卡莱瓦拉的荒原。
我的父亲以前唱过，
当他雕着他的斧柄；
我的母亲也教过我，
当她转着她的纺轮；
那时候我还很小，
在她膝下滚来滚去，
一个黄毛未褪的小子，
一个乳臭未干的婴孩，
……

在老师的吟诵声中，我慢慢睡去。睡梦中，我看见狐狸在雪地里奔跑，它的尾巴划过天际。圆顶玻璃屋里，我和老师躺在柔软的床上，凝视北极光，光影斑驳，雪坡神秘，森林纯净如诗，万籁俱寂，时光停止……

第七章

从荔波返程回上海那天，老师送我两件礼物。一件是一本书——《卡莱瓦拉》，一件包得严严实实的，不知道是什么宝贝。“西苏，到上海再打开。”送我到车站途中，老师反复嘱咐。

回到上海，我迫不及待地打开了包裹。

“我的天哪，是百鸟衣。老师居然把他珍藏的百鸟衣送给了我。”我忍不住大叫起来。我穿在身上，走出走进，美了很久很久。

“我不能辜负他，我的枕水先生，我一定要去芬兰，要成为罗瓦涅米市的中国留学生。我是西苏，我能行。不畏艰难，必须实现，誓不罢休。”我立马在《卡莱瓦拉》扉页上写下了这句话。

爸爸已经回来了，我们和好如初。我告诉爸爸我没有找到千河妈妈，但我找到了自己。我将重返校园，重新开始，好好学习，天天向上。把失去的时光扳回来，我的目标是到芬兰留学。我坚信枕水先生说的话，成了留学生，就能找到妈妈。

爸爸没有说话，当天买了很多菜，好吃的做了满满一大桌。看得出来，他为我的转变感到高兴。从此以后，我努力学习，他一改过去郁郁寡欢、垂头丧气的样子，精神焕发，好像年轻了十几岁。

第八章

两年的时光转瞬即逝。

我没有辜负老师的期望，拉普兰大学的通知书如期而至，我很快踏上了前往芬兰的旅程。

飞机在罗瓦涅米机场降落，这是一年的初冬，雪花飘飘，四野茫茫。办完入学手续，我开始等待，漫长的等待，等待11月22日的到来。漫漫极夜，挥之不去。我每天都在幻想着和老师见面的情形，各种各样的美好想象，每天晚上如期而至。

11月22日，终于到来了。我穿上老师送的百鸟衣，把自己打扮得新崭崭的，好似一本从未翻开过的新书。带着满心欢喜，乘坐雪橇前往玻璃屋。

极夜未逝，天色昏暗。一地雪白，驯鹿慢慢悠悠，我恨不得飞起来，直达7号房间。

圆顶玻璃屋立在冰天雪地中，我的心怦怦怦，跳个不停。进入玻璃屋，没有见到枕水先生，幻想的浪漫场景，一个都没有出现。7号房间里，也没有任何惊喜。正当我站在房间里一头雾水时，侍者敲门，给我送来了一封信。谢过侍者，关上门，我迫不及待拆开信封。一叠写满字的信纸和一个U盘出现在我眼前。信中这样写道：

西苏：

对不起，我失约了。我没有能与你一起看北极光，一起堆高高的雪人，一起去滑雪橇，一起接受圣诞老人的礼物，在你身旁，为你朗读我的小说《在慢慢的时光里等你》(小说已经放在U盘里，你阅完信后，可以放来听)。

西苏，当你收到这封信时，我已经在阳宝山出家一段时间了。

西苏，我很高兴，曾能与你度过两周的快乐时光。你是我生命里最美的风景。你不知道，你的父亲在信里告诉我，你决定去考雅思的消息，我为你高兴得彻夜难眠。我让你的父亲抓紧去找Rick。Rick是我相识多年的好友，十余年来一直在上海从事中国学生的国外留学工作，我连夜跑到校长家借校长的手机给Rick打了电话。Rick爽快地答应我，作为老朋友，会竭尽全力为你提供帮助。有了他的承诺，我放心了。从校长家回到住处，我热泪盈眶，我感到无比幸福。我回忆我之前走过的路，我觉得写过的那些文字都不算什么，遇到你，并能帮助你找到自己，是我一生中最最值得骄傲的事情。就在这个夜晚，多年前的一个场景不断浮现在我眼前，郎木寺僧人陆续走进寺院，黄衣飘飘，表情温暖。我是多么喜欢僧人身上的黄色，我突然觉得出家为僧，是我一生的归宿。

对了，我忘了告诉你，忘了。你的爸爸和我早就认识，这个应该早点告诉你。但终究还是忘了，你务必要原谅我的怠慢，务必。

很多年前的一天，我从北京到上海参加朋友的聚会。那天晚上，我从武康路的大隐书局出来，打的回酒店，刚好打到你爸爸的车。一路上，你爸爸一直在抹眼泪，我递纸巾给他。他说乘客是上帝，他不该当着乘客的面掉泪。但实在是忍不住，请求我谅解。我说没有关系，问他遇到了什么不顺心的事。他说孩子考试没有考好，他去学校参加家长会，心情很糟糕。一路上，我举了很多例子，安慰他，说一次没有考好没有关系，以后会考好的，他感激不尽。我下车时，他对我说，我是他这么多年拉过的最好的“上帝”。我说我不过是给他一张纸巾，

Santa's Igloos Arctic Circle

安慰安慰他而已。他说他感觉自己很卑微，乘客很少有人正眼看他，更不要说他流泪了给他递纸巾。我说人活在世上总会遇到烦心事，凡事往宽处想，有容乃大，退一步海阔天空。我留我的手机号给他，并告诉他我是剧作家，以后有什么事情，可以说给我听。下次，我到上海约他吃饭。他说真的吗？我点头。他像一个小孩一样，破涕为笑。后来，我和他通过QQ经常在网上交流。年底到上海开会，我还约他吃了一顿饭。那次相聚，我把我写作的生活讲给他听，他也毫无保留地把你们家的情况告诉了我。他说你们老家在安徽，因为一场大火，毁掉了一切。他的父母（你爷爷奶奶）及他妻子（你的妈妈）在那场大火中全部离开人世，连一张照片都没有留下。要不是那天晚上他抱着年仅半岁的你在隔壁村庄串门，想必也一起被烧成灰烬。老家是他的伤心地，他无法振作起来，所以，在你差不多满一岁时，他带着你离开安徽，到上海开的士为生。那几年，他经常去相亲，有一次和一个油漆工都快结婚了，可是因为你，他还是没有能再次走进婚姻的殿堂。他最后不再去相亲，决定独自把你抚养成人，竭尽全力让你读好学校，将来能考上一所好大学。那天，我们谈了很多，人生、未来、你的职业规划。

可能一直以来从未有人这样和他倾心交谈的缘故，我的诚心，换来了他的无限信任，也有可能是职业的关系，他对我无限崇拜，总觉得我是一个了不起的人，尤其是在改变一个人的思想上，我一定有自己独到的做法。他说有机会一定要带你和我认识。那天晚上我还答应他，有时间一定去你们家拜访。一定亲自教教你，怎么写作文。

但后来因为雾霾的缘故，我离开了A城，开始了四处周游的生活。我们经常通过邮件联系，提到你，他说你和以前不一样了，不好好学习，叛逆，不大听话，学习成绩下滑。我安慰他，说孩子在青春期，叛逆很正常，让他一定不要失去信心。我原本打算，无论如何一定要去你们家一趟。可是，一路前行，对大城市愈加厌恶，一直未能成行。我到荔波三个月后，彻底不用手机，就写了一封信告诉他，会很长一段时间住在秀寨。这里风景很好，是世界自然遗产地，希望他能带你来玩。但他回信说，你因为交了不良朋友，学会抽烟、文身，和他闹翻了，厌学，贪玩，已经休学在家。他希望你能继续读书，只有读书才会有好的未来，他坚信这是真理。但他束手无策，说什么你都不听，他说他喊天天不应，叫地地不灵。在信里，他还给我寄了你在两年前和他的合影，你们站在黄浦江畔，后面是前行的游轮。你期末考试考得不错，他陪你玩了一个下午。他说他怀念那时，和你有说有笑。我能理解他的心情，面对一个八匹马都拉不回头的女儿，他的心应该是碎了。看着他的信，我爱莫能助，我也想不出更好的办法帮助他，也再找不出好的事例安慰他，我唯一能做到的只有邀请他带你来我这里散散心，我这里山好水好，我想一个再怎么心烦意乱的人，到这里住上一段时间，一定会开心起来的。我也向他保证，我见多识广，如果能见到你，应该有办法让你回到校园继续读书。

可是我没有等到他带着你来，让人觉得匪夷所思的是，在一个雨天，居然在一个山腰上遇到了你。

后来，我才知道，他做梦都想带着你来荔波见我，但那个时候，他说什么你都不听。他在走投无路的情况下，迫不得已假装离家出走。你一定要原谅他，他是我一生中见过的最称职的父亲，他给你的爱超过了我见过的所有父母对子女的爱。我今天代表他向你道歉，因为我不知道他为了让你独自能来荔波见我，用了我的小说《在慢慢的时光里等你》的结尾去欺骗你，并对你说小说的男女主人公万海千河是你的生身父母。那是我刚到荔波来的那周，在秀寨瞎逛，得来灵感，写下的小说结尾，那个结尾写好后，放到QQ空间里。随后，我就再没有上网，也没再用手机，因为没有灵感，我再没有写开篇，也没有写经过，小说除了一个名字、一个结尾，就一直摆在那里。

西苏，你不能恨你的父亲，不能。他是我见过的最称职的父亲，最爱自己女儿的父亲，最伟大的父亲。

西苏，你能做到。这个时候，北极光应该划过天际，最美的时刻已经到来，纵使我未如约而至，你也应该好好度过这个精美绝伦的夜晚。

西苏，你能做到。要快乐地活着。我毕生还有一个愿望，就是到国外开一家中文书店，无论哪个国家，无论在哪个城市或是乡村，无论是在森林中，或是在湖畔，只要一间房，可以摆放书。现在这个愿望只能是泡影了，当然，如果有一天，你能帮我实现，我将不胜感激。我没有什么送你，《在慢慢的时光里等你》这篇小说，算是送给你的礼物。愿你喜欢。愿你欢喜。

写到这里，已近黄昏。站在莲花寺遗址山门前，远处云蒸霞蔚，气势磅礴，千山万壑，历历在目。刻在山门上的对联“义薄云天垂万古，忠昭日月著千秋”和横批“绝类轶伦”依稀可辨。传说僧人白云于明万历二十四年到这里，见山景奇胜，就化缘在山顶建起了十二层高的千佛塔。这个神秘的白云僧人就是明朝的建文皇帝朱允炆，为避难而在此出家清修。如今这里断壁残垣，一地苍凉，有谁又能知道这里曾经的辉煌。贵定阳宝山以佛教文化著称于世，兴盛于明清时期，与四川峨眉山、云南鸡足山并称为西南三大佛教名山的朝香圣地，如今已经建起大雄宝殿等寺庙，明天一早，我将在这里剃度。

爱，就是慈悲。阿弥陀佛。祝吉祥如意！

此致

敬礼

枕水

2018 年 3 月 10 日

北极光划过天际，一次又一次。但我没有看见，我的内心空落落的，我不知道此刻是几时，这里是哪里。信纸有若干斤重，我拿在手中，放不下。好希望这封信是假的，我对自己苦笑。可自言自语结束后，泪水止不住再次滑落……

不知道哭了多久，直到筋疲力尽，倒在床上沉沉睡去。醒来，已是次日。时间仿佛停止，太阳没有升起，极夜如昨。窗外白雪皑皑，森林安静。信纸像窗外的树木，安安静静，横七竖八，躺在床上。我按照页码，一张张把信纸整理好。虽然老师写的一字不假，但我依然还是相信，这是老师给我开的玩笑，他还会来的，会的。我一直盯着大门，希望奇迹出现。时间一分一秒过去，门依然未打开。

老师什么时候来呢？或许小说里应该会告诉我答案吧。我把 U 盘插到电脑上，老师蒋勋般的声音开始在房间响起。

第二部

第一章

小说创作有时候就是这样，写了一个结尾，会放置很多年，直到有一天灵感来敲门，命运才得以改变。那天晚上，萤火虫照亮茂兰原始森林，也照亮了举起葡萄酒杯的西苏，西苏美若圆月的样子，让我突然获得灵感。只有结尾、放置多年的小说《在慢慢的时光里等你》从此有了开篇：

人世间最难的事情不是遇见，而是遇见之后，那深不可测的等待。

我是出了名的浪子。我喜欢散漫而没有计划的生活，根据自己的心性，随时住下，随时出发。我没有固定的居所，一路行走，随处安身。我到不同的地方游荡，繁华之都，宁静村落。我是一个健谈的人，喜欢和不同的人聊天，我告诉他们我一路走来看到的古怪离奇，他们向我讲述他们的忧伤欢乐。每个人的经历超乎我的想象，是他们让我的人生走向无限宽广。

有一年夏天，因为害怕太阳热辣，我来到贵州避暑。那天我像做梦一样，经过一片绿浪翻滚的田野，翻过一座浓雾云绕的高山，走过一座架在古河上的铁索桥，乘坐小木船划过一个五彩斑斓的洞穴，来到一个无名之地。无名之地不通手机信号，与世隔绝，独立存在于山谷之中。稻田、古树，小桥，鸟声不绝于耳；流水，野草、花香沁人心脾。夕阳西下，小河流淌，柳树成排，竹林葱郁。一条石板小路朝前延伸。日月清贫，人爱干净。贵州多雨，路面泥泞，铺一条石板路，想必是把一路的泥泞留在门外。小路的尽头是一座木屋，木屋造型犹如一件女人的旗袍，古朴中透出高雅，野花坏绕，亭亭玉立。门头的不起眼处，歪歪斜斜地刻着“在慢慢的时光里等你”几个字。

屋门敞开，屋内只有一张桌子、两把椅子、一个木柜，屋子中央有一地炉。我叫了几声没有人应，由于疲惫，我倒在椅子上，睡去。醒来时，天已漆黑如墨，屋内点着一盏油灯，一位中年男人在屋里转来转去。他说他在这里隐居快二十年了，我是第二位闯进来的客人。难得遇见，今晚好好喝几杯。他叫万海，四十多岁的样子，却已头发花白。我们一见如故，喝了很多酒，这可能是我毕生喝得最多的一次，想必他也是。酒喝到高兴处，什么秘密都会被抖落出来。

“你应该想不到，我其实是一个非常痴情的男人。我单身一人在这里，忍受常人难以想象的孤独寂寞，不过是为了等待我心爱的女人。等待她一日日老去，直到有一天不再被家庭牵绊，她无牵无挂，无怨无悔，与我重逢。”他一边说，一边起身打开放在墙柜上的一个红色小盒子。

“你看，这是我前一段时间给她买的项链和戒指。你觉得她会喜欢吗？”他一边说，一边把项链递给我。

“这款项链设计简单，优雅大气，很有贵州味道，又不失时尚。她应该会很喜欢。”我对他说。

“能得到你肯定，我就放心了。”他显得很开心。随口又说道：

“我很多年前就想给她买了，但是没有钱。你知道我一个人住在这里，自给自足，没有挣钱的渠道。好在我运气不错，前年有位叫祥德陈的发明家，准确来讲，他应该是个企业家。他做包的生意，和各种包打交道。这家伙脑筋灵活，喜欢思考，他有一天在树下走，看到落叶，他就想到用树叶来做包，通过多年反复实验，终于成功了。两年前的夏天，他闯入我这里，见到这里枫香树和银杏树多，就让我给他捡树叶，我秋天捡，他冬天来收，两年下来，我挣了几万块。”

“你是一个非常了不起的人。”我夸赞他。

“那当然，给自己心爱的女人买东西，一定要最好的。荔波没有大的商场，我是专程跑到都匀的万达广场买的。”他有些兴奋。

“万达广场，真巧，我来你这里之前还去过那儿。那天还遇到了他们在搞周年庆活动，天源集团的老板袁开海、龙建兰夫妇还出来讲话。当年，他们能把万达广场引来，落户都匀，真是需要魄力和勇气。”我说道。

“周年庆，那一定很热闹。我走了几家珠宝店，最后选择了黔宝。她是贵州人，我想她应该更喜欢本土的东西。”

听他这么一说，我突然想起很多年前看过的一本书，讲的就是贵州黔宝银币的历史。贵州多民族聚居，人们贸易往来，大多以物易物。为了改变这一状况，清光绪十四年，贵州巡抚潘蔚令其技术人员在炼铁厂手工熔铸了黔宝银饼。黔宝银饼发放市面流通后，受到民众喜爱。后来，潘蔚从英国订购先进设备，机造黔宝银币，被朝廷

问责。出生于贵州的朝廷重臣张之洞、丁宝桢出于对黔宝的喜欢和对故乡的热爱，帮助潘蔚免受问责……

这个黔宝金店，会不会就源自黔宝银币？我正纳闷，只听他一边倒酒一边说道：

“听那个店面的营业员说，黔宝有一百多年的历史了。清朝就有的，那个时候叫什么黔宝银币来着。”

“百余年来，在贵州人心目中，黔宝银币有着崇高的声誉。你给她买的首饰，源于黔宝银币，她一定会爱不释手的。”

“你走南闯北，见多识广，送给她的礼物，能得到你的肯定我就放心了。那枚戒指，一想到未来有一天为她戴上，我就感到很幸福。”他一边说，一边把戒指和项链收回盒子里，起身把盒子放回墙柜。等他转身坐下来，我朝他举杯，他端起酒杯，一饮而尽。放下杯子，他开始向我讲述他的故事。

第二章

我来自四川，家庭成分糟糕，是地主。我奶奶嫁给我爷爷，就挨批斗。天天如此，这种生活生不如死，奶奶害怕，一天晚上突然跑了。爷爷说，奶奶走时，什么也没有留下，除了一句话：“我这辈子断子绝孙，路死路埋，沟死沟葬，河边死了鱼吃光，山上死了火当柴。”奶奶如黄河之水，一去不返，爷爷一个人拉扯我爹长大。

我爹结婚后，就有了我。我五岁那年，我妈和邻村的一个男人跑了，我爹找来亲戚朋友，把我妈和那个男人绑了回来，问我妈，改不改，我妈说改。我爹就放那个男的回去了。不到一个月，我爸出门，我妈又丢下我，跑到那男人家里去了。我爹气愤不已，又请了一帮人，把那个男的和我妈又绑回来，让他们互相打嘴巴，他们打了五十下，我爹问我妈一下：“改不改？”我妈说：“不改。”我爹又让他们继续打。过了很久，我妈和那个男的嘴巴都被打出血了，我妈还是说不改，她决定跟那个男的走，我爹就放他们走了。我妈妈头也不回地走了，什么也没有留下，哪怕一句话，好像我不是她亲生的一样。

我爹和我妈就这样离婚了，不久我爹娶了我后妈。我们家很穷，吃不起肉。我后妈很抠门，做菜时舍不得放油，煮一大锅白菜，只拿筷子沾一两滴，舍不得多放一滴。有一次，我趁她不注意，挖了一大勺猪油放进锅里，被她发现了。她告我爹，说我是败家子，我爹罚我在头上顶一盆水，跪了一个晚上。

两个弟弟先后出生后，我的日子更不好过了。我初中没有毕业，就被喊回家来干农活。每天早出晚归，累死累活，过年时，弟弟们有新衣服穿，我没有。一年四季，只穿我爸穿过的旧衣服，即便是这样，我后妈还是觉得我在家里碍手碍脚。或许她是怕我将来和他儿子争家产，一副我不离开家她就不甘心的模样。一开始是赖我偷了她的钱，后来是赖我打了她儿子，反正没有一天让我好过。那天，我又被她折磨了，出门去散心，遇到两个放学回来的同龄人。两个家伙见我垂头丧气的样子，说话嘲笑我。我没有忍住，走上前打了他们，一个鼻子被我打出了血，一个被我踢伤了睾丸，爬不起来。小小年纪伤人赔钱，还差点进了劳教所。父亲气愤不已，在我后妈的怂恿下，真正觉得我已“朽木不可雕也”。就像古代的丈夫给妻子写休书一样，去道观请来当地一个有名望的道士，写了一封与他断绝父子关系的文书。我爹恶狠狠地盖上大拇指印，也强迫我盖上大拇指印，名正言顺地把我赶出了家门。

突然成了一个无家可归的人，我开始了飘荡无依的生活，到成都、攀枝花、重庆等地找活干，住过桥下，捡过垃圾，帮人洗过衣服。最后与一个美发学校毕业的小伙结伴南行，前往广州找活干。你知道，上个世纪 90 年代，打工都往广东跑。

人在长途汽车里面，跟畜生没有什么两样。两个座位三四个人坐，又闷又热。经过五天六夜的颠簸，终于来到东莞的一个镇上。镇上的这家工厂戒备森严，大门不开，门上只留一个小窟窿。我们把身份证从小窟窿递进去，不久就安排我们上班了。东莞湿热，上班不到一周，我身上就长了很多疙瘩，疙瘩鲜红，红豆大小，奇痒难忍，非常难受。更难受的是没完没了、没日没夜地加班，没日没夜地加班也就罢了，更可怕的是，还容易受伤。工厂是做皮带的，皮带扣不便宜，在这里上班差不多一年后。有一次皮带扣掉进机器里，机器在跑，我想顺着机器从槽里把皮带扣抠出来，结果很惨，手上四个指头血淋淋一片。不幸中的万幸，只是软组织受伤，没有大碍。不过，我的上级说，我做事太粗心，不给我报销医药费。我觉得这家工厂太无情，一气之下就离开了。

手还没有痊愈，身上有红疙瘩又不好受，工作没了，我又开始像乞丐一样的生活。居无定所、席地而睡的日子过了差不多一个月，手渐渐好了。一天遇到一个四川老乡，他好心给了我广州一个工厂的地址，让我去找一个叫白晨光的老乡。

“白晨光喜欢帮助人，他能安排你到那里上班。那边工资高。”临走时，他高声补充道。

我抱着碰运气的想法，来到广州见到了白晨光。白晨光并不是四川人，只是在四川待过一段时间。他的老家在贵州三穗，他人长得英俊，心好。当天晚上他帮我把行李放到寝室后，就带我到路边小店吃饭。虽然只是炒了一个豆腐，但在我看来那已经是天下最香的美味。他看着我笑道：

“再炒一个菜吧？”

“不了，已经够了。”

我已经有好久没有这样正儿八经坐下来吃一顿饭了，其实再炒三个菜我都吃得下，但不好意思。

吃完饭，白晨光说明天就可以上班，今晚去洗个澡，先好好休息下。

走出饭店，头上是晴朗的夜空。在那个年代，广州的夜空和贵州的夜空没有什么不一样。没有月亮的时候，是星星的世界，每一颗星星都在努力使自己更亮一些，只是始终没有成为最亮的一颗。但我觉得，我一定要成为这个厂里最亮的那颗星。

从吃饭的地方到工厂，要经过一个小巷。这个小巷灯火通明，巷子的两旁有成衣店，从店里传来了张学友《吻别》的歌声。还有内衣店，文胸琳琅满目，内裤色彩多样，我瞟了一眼，顿时面红耳赤。

小巷里来往穿行的都是像我一般年纪的少男少女，男的清一色刹着拖鞋，穿着短裤，梳着“两片瓦”，生怕别人没有注意他们那发型似的，一边走一边用手捋头发。女的有的穿短裤有的穿短裙，两片嘴唇像刚流了血一样的红。他们虽然说普通话，但从那普通话里能够听出来，他们不是广州本地人，普通话里带着浓浓的贵州、四川、重庆、湖南口音。

穿过小巷，白晨光在路边买了一块香皂。经过一个有门卫把守的大铁门，就进入了厂区。机器轰鸣，灯火通明。工厂生产的是西部牛仔皮靴，底厚皮不薄，只见工人从流水线上拿下靴子，用刷子蘸蜡水洗鞋底，洗好再放回流水线，如此反反复复。一片繁忙景象。

穿过车间走廊，不远处就是锅炉房。一个年轻的小伙子在往巨大的火炉里加煤。他黑不溜秋的样子让我想起我流浪的情形，我想从今天开始，流浪的日子结束了，我要好好在这里上班了。我朝他笑了笑，跟着白晨光就进了澡堂。

说是澡堂，其实就是一个可以淋浴的地方。脱衣进去，只见在一个个水泥板隔成的小房间门口，都站着一排排一丝不挂的男生。

我跟着白晨光站在一排人的后面。过了一会儿，不知道为什么，我们这一排的队伍的人都排到其他队伍去了，只剩下我和白晨光。身上的红疙瘩奇痒无比，我忍不住抓挠起来。

澡堂里所有人都盯着我，对我身上的每一个部位指指点点。他们的目光就像是一根根钢针扎进了我的肌肤，让我感到一阵火辣辣的痛，就像一把把利剑刺进我的心脏，让我几乎窒息。他们为什么这样看着我，是因为我身上长有红疙瘩吗？我不知道。我不敢正眼看他们，把头埋得很低，直到白晨光把我推到淋浴喷头下。

站在喷头下，我忘记了一切。抱着不把身上的红疙瘩洗掉绝不罢休的态度，一遍又一遍地打香皂，一遍又一遍地搓洗，上下左右，前胸后背，腋窝臀部，手腕大腿，生怕漏掉一个部位。直到香皂从一块豆腐变成了一块橡皮。

我浑身舒畅从喷头下走出来时，其他人好像人间蒸发了一样，都不见了。澡堂空空荡荡的，我喊了几声“白晨光”也没有人应。我穿好衣服，梳好头发，走出澡堂。澡堂外，除了烧锅炉的那小子垂头丧气地坐在那里，一个人影也没有见着。我只得走回白晨光的寝室。

这是一个八个人住的房间，里面除了一个男孩在洗衣服，再也没有其他人。我进来后，他瞟了我一眼，继续洗他的衣服。白晨光的床在下铺，我坐下来，拿出镜子照了照自己，除了脸黑点，还是帅哥一枚。干净的床单，白色的蚊帐，还有那挂在屋顶的吊扇，我想今晚可以美美地睡上一觉了。

“你是怎么进来的？”

突然，一个满脸络腮胡的男子气势汹汹地站在我面前，对我训斥道。

“我是这里的保安，我问你是怎么进来的？”见我没有应声，他继续说道。

保安的样子让我想起港片里的警察。他们审问小偷时，整张脸就像刀刮过的一样难看。

“老老老老乡带我进来的。”我吞吞吐吐地回道。我这时才发现，在门口洗衣服的男孩子已经不见了，寝室里就只有我和这个保安。

“这里不准外人过夜。你从哪里来的，就滚回哪里去。”他以命令的口气说道。

“我不能在这里过夜？”

“还要我重复吗？从哪里来就滚回哪里去。”保安的口气没有一点回旋的余地。

“叔叔，我不是这里的人。我从重庆来，我就在这里睡一晚，就一晚，拜托您了。”我站起来央求他。

“这是规定，不要说一晚，就是一分钟都不行。你知道吗？你这样做，有可能让你老乡明天就被开除。”保安口气坚决。

整个房间里死一般的寂静，只有那吊扇还在不知疲倦地摇摆不已。

“我明天天不亮就走。我真的没有地方可以去了，我今天坐了很久的车，走了好远的路才来到这里的。”我的眼泪几乎要掉下来了。

保安脸上的肌肉抖动了一下。他从包里掏出一根烟，并很快点燃，深深地吸了一口。

“就一晚就一晚，我真的就住一晚，天不亮我就走。我不会在寝室里做什么，我不会干扰他们。我不会打呼噜，我睡觉很安静的。”

保安看了我一眼，又拿起烟吸了一口。

“你这是逼我们动手吗？”保安把烟头扔在地上，用脚使劲地踩了几下。这时候，只见两个身强体壮的保安闯了进来。

随后，一群男孩冒了出来，挤在门口。我扫了一眼他们，一共是七个脑袋，七双眼睛，老乡不在其中。

我扛着被褥和一包脏衣服，跟在保安身后，离开了寝室。穿过走廊时，从门缝里传出声音：“你们不知道，那家伙满身的红疙瘩，好臭好臭，肯定是传染性很强的皮肤病，走得越早越好，越快越好。”

这间寝室在男工宿舍楼的二楼。上来时，好像还没有呼吸两口气就到了。这个时候，我下去时，却感觉像在走一个世纪的道路一样漫长，我的双腿像绑了石头，每抬一次腿都像扛柴上山那样艰难。

这是一个工厂聚集的地方，即使是在晚上也能听到机器轰鸣的声音。我走出工厂大门，不知道该往何处去。站在门口犹豫良久。突然觉得自己前方的道路就像这夜晚一样，伸手不见五指。想到刚才自尊心受到的伤害，眼泪滚落下来。怎么办？我抬头看了看天空，一弯月亮挂在天上，只要不下雨，什么地方都能睡上一觉。我想。用袖子擦了擦眼泪，就朝门口的一块草坪走去。

“你这人怎么这样？这是人工草坪，睡坏了是要赔的，你能赔得起吗？”我刚在草坪上坐下来，又一个保安恶狠狠地横在我面前。

真是无处藏身啊。我懒得搭理他，起身背起行李朝前走去。前面是另外一家工厂，也不知道生产什么，只见灯亮着，机器的响声断断续续，不像这边的工厂那样，一直在轰隆响个不停。我想，这家的保安没有那家的尽职吧，在工厂旁边的大榕树下住一晚，总可以吧。我就这样在树下将就一晚吧。我朝四周看了看，这里是一条人行通道，不时会有人走过，一个人就躺在这里，不但不雅，而且也不安全。

我困极了，眼皮在打架。怎么办呢？一声鸟叫传来，让我突然忆起八岁那年夏天挨我爹打，跑到树上去躲藏过夜的情形。今夜树下不容我，睡树上应该可以吧？想到这里，我三下并作两下，迅速爬到了树上。大树在三米高左右的地方，分出了两棵大桠枝，右边的桠枝向外伸展，平坦如床。天无绝人之路，我把铺盖铺好，躺在上面，不久就进入了梦乡。

第二天凌晨，一阵鸟叫声把我吵醒，我睁开眼睛，几只小鸟站在枝头上，正目不转睛地看着我。我感到有些不好意思，我被人赶到这儿来了，我打扰了它们。工厂的机器休息了，除了这些鸟的呼喊，再听不到什么声响。我感觉很困，又一次合上了双眼。

睡梦中我感到自己来到了一个星球上，遇到了好多形形色色的人，他们用古怪的眼神看着我，或许是觉得我不是他们同类的缘故，都朝我扔东西，我手足无措，躲之不及。再次醒来时，发现上身和被单上全都是鸟粪。

我想昨天夜里，白晨光一定为我担心，我该去和他打个招呼。

我在工厂的门口碰到了他。

“对不起，我没有帮上忙。”他对我说。

我说：“没有关系，起码我洗了过澡，非常感谢。”

“昨夜去哪睡了？我写检查出来，已经半夜十二点了，我想去找你，可是他们说你被保安喊出去了，我一夜没有合眼。”他说。

“给你添麻烦了。真的很抱歉。”我说。

“有人去向厂领导瞎汇报，说你一身红疙瘩，有严重的皮肤病，会传染大家的。我的上级把我喊到办公室教训了一顿，并说要开除我，后来我向他保证，以后不会再发生这样的事情，他才没有再啰嗦了。你昨晚去哪睡了？”他说。

“这个你就不要问了。我会照顾好自己的，只是在我找到工作之前，这一日三餐，得靠你了。”我说。

“吃的没有问题，我每次吃饭时打两份得了。只是油水很少，里面煮的稀饭跟白水差不多。”

白晨光真的是个大好人，那天我们分别时，他给了我一盒药膏。我身上的红疙瘩，最终是被那瓶药膏治好的。

周围都是工厂，招人的要求之一就是要有初中文凭，我进不去。我想到街头转转，希望遇到饭店招工。

第三章

又是一个艳阳天，艳阳天好啊。热一点没有关系，要是在往日我希望天下雨，越大越好，可是这天，我却希望老天就这样热下去，一滴雨也不要落下来。因为我不知道还要在那棵树上睡多久。

下午三点，我已经第十次被饭店老板拒之门外了。我不知道我这样一个男生怎么了，给人家洗碗都不要。我想有的是真的不招人，有的是觉得我有问题。我有什么问题？

“请问你为什么不用我？”面对我的提问，第十家饭店的老板很惊讶。

“我们只招女生。”老板丢下这句话，就扭头忙他的事去了。

我垂头丧气地走在大街上，甚至有萌生了回四川的念头。就在这个时候，有一个女孩向我递来了一张广告宣传单。女孩笑容满面，眼波如水，我接过了她的广告单，她说了一句“谢谢”，转身走进人群。我觉得这样的工作应该也需要人，就朝她追去。

“你好，请问在哪里可以找到这份工作？”我问她。

“什么工作？”女孩反问我。

“就是发广告单。”我说。

“这是我们自己印的呢，你没有看吗？如果你需要工作的话，上面就有啊。”女孩说。

“喔，是吗？无论什么工作，只有能有地方吃住，没有钱都没有关系。”我说。

“要求这么低？”她说。

我朝她点头。

“跟我走吧。”她说。

她穿一条红裙子，带我穿过大马路，走进了一个小巷子，七拐八拐，来到几个临时搭建的工棚前。一个稍大一些的工棚外立有一块木牌，牌子上写着“野马工程队”几个大字。

“什么工作？”我问她。

“种房子。”她说。

“什么种房子？”我一头雾水。

“盖违章建筑，简而言之就是做泥水工、粉刷匠。就是这里了，白天睡觉，晚上干活。”她说。

“你叫什么名字？”她熟练地从包里拿出了一个小本子。

“我叫万海，千万的万，大海的海。”我回她。

“文化？”她问。

“初中没有毕业。”我回答。

“出生年月？”她问。

“1983年6月3日。”我回答。

“籍贯？”她问。

“四川。”我回答。

“嗯，我们是半个老乡。”她说。

“好了，登记完了，把你的身份证给我。第一周你是学徒工，没有工资，我们包吃住。吃的嘛，大家吃什么，你吃什么。住的，就是这个工棚，你选一个位置，铺上你的铺盖就行。”她说。

我把身份证给了她，然后就钻进工棚。工棚里面乱得像猪圈，横七竖八地躺着很多人。因为天气炎热，都穿着小短裤，裸着身体，躺在地铺上。一个大风扇放在进门的地方，呼啦啦地吹，难闻的汗臭让我打了个喷嚏。

“有地方洗澡吗？”我退出来问她。

“有，看见了吗，就在东面的那个地方。”我顺着她手指的方向，看见一个高高的水龙头。水龙头的周围立有四根小柱子，柱子上挂着围帘。

“不用担心害羞，帘子一拉，什么都看不见了。”她说。

“怎么称呼你？”我问。

“你叫我千河，千万的千，大河的河。我白天帮他们发广告招工人，晚上到饭店里唱歌。我喜欢唱歌。”她说。

“你是哪里人？”我问。

“贵州，我们那里的人都喜欢唱歌。”她说。

“有机会一定要听你唱唱。”我说。

“如果你在这里上班，这样的机会很难呢。你是晚上上班，走不开的，而且你们的工作强度很大，速战速决。不过，我希望有一天能在饭店里看到你，能有认识的朋友捧场，那是最高兴的。”她说道。

我们一边说话，一边朝另外一个工棚走去。千河要把我带过去见老板娘。

“孃，今天招了一个。”一个矮小、脸上长着麻子的女人从工棚里走出来，千河对她说道。

“他的资料、东西都放好了？”麻脸女人问。

“都安排好了。就带他来让你看一下，熟悉下人。”千河对麻脸女人说。

“我一会要出去，你安排好，让他去休息。晚上 6 点吃饭，7 点出发，8 点干活，凌晨 5 点收工。地点在沙巴。”麻脸女人说。

“你听到孃讲了吗？今晚就有活干呢。真是好运气。”千河看起来年纪不大，但非常干练。

“明白。”我说。

“那我先走了。你好好工作，有时间一定要来饭店捧场哈。”千河像只小兔子，蹦蹦跳跳。

“谢谢你，我一定会来。”我对她说道。

我送她走出小巷，直到她在我眼前消失。牙齿整齐洁白，高鼻梁，锥子脸，声音甜美，眼睛会说话。走回工棚的路上，千河的模样不断在我眼前浮现。也就从这天起，她就再未从我的心里走出过。我总觉得有很多话想对她说，只是没有机会说，或者见到时又不知道如何说起。我最后只好把这些想要说的记录在本子上，慢慢地也就养成了写日记的习惯，时间长了，我不仅写内心的想法，也把自己的身世从头至尾地写了一遍，后来，我就像那些想名垂千古的人一样，也开始给自己写传记。

从什么地方来，到什么地方去，经历过什么大事，都编在每本日记本的尾页。只是这个日记本在火车上弄丢了，后来也就没有再继续写下去。

开始上班后，我终于明白，野马工程队建的房子是住不得人的，追求速度，用料粗糙，没有质量可言，与其说建的是房子，不如说建的是“楼脆脆”。而请我们干活的“老板”都是那些打探到消息，地处郊区，因规划需要而即将拆迁的住户。因为拆迁有赔偿，建“楼脆脆”的收益比他们做其他生意划算，“种房子”也就在当地流行起来了。

“种房子”这个活儿，百分之九十九都只能趁人们熟睡时，在万籁俱寂的深夜进行。而且即便如此，在进行过程中，还得小心翼翼、谨慎而为。如果发现有任何风吹草动，就只能熄灯，立即停止，直到很久以后周遭又恢复应有的平静，才又开灯快马加鞭，马不停蹄。

刚开始的时候，这个来之不易的工作对于我而言，新奇又好玩，紧张又刺激。有时候，工头发出一声“停”，所有人就像机器被按了停止按钮一样，砖刀工双手扬在半空，搅水泥工就像被点了穴位，立在原地一动不动。大家又开始了新的等待，谁也说不准下半场会是什么状况，就像谁都无法预料人生的下半场一样。接下来有可能是血雨腥风的一场洗礼，屋子里会突然冲进一群人。这群执法人员是多种装束的混合体，他们气势汹汹地进来，对着房主人一顿训斥，要他把刚才建好的房子全部拆除。

不用这些人动手，所有在场的以“种房子”为职业的这帮做工的人，在主人一句委屈万分的“拆吧”声中，就像一场游戏结束似的，大家又开始拆刚建起的墙。

只要执法人员不走，主人总有让墙获得新生命的机会。他们往往把带头来执法的人拉到隐蔽的地方，往这个人兜里塞东西。

“我们是来执法的，这个要不得。”

“领导，你们执法很辛苦，一点小心意。”

“好好好，就这么高，不要往上砌了，再往上，我们可不好交代了。”

“就这么高，按照您说的，就这么高，我就让他们停下来。”主人小心翼翼地回答。

执法的头儿就这样一挥手，朝门口走去。

“领导们辛苦了，慢慢走。”

主人眼看执法人员消失在夜色中，又让工友们继续往上砌。

女主人总是在这个时候，跑出来说道：“你们瞧，你们瞧，就是盖自家的房子都有多不容易，不仅花钱买砖，花钱请你们，盖有多高，都还花钱去买。做你们这行不容易，我们要盖间房更不容易，今晚的工钱，大家打个折，让我们家少亏点。”

不到一个月，我学会了砌砖、粉刷，成为野马工程队一名合格的师傅。随着城市的扩张，野马工程队的活儿有时候也多得忙不过来，我的收入不仅稳定，而且月收入常常会超过工厂的工人。

虽然我和大家在一起干活，但我和他们总是格格不入，不像是一条道上的人。我不会说脏话，这些工友说话总少不了“× 你妈的”，或是“我 ×”，或是“我 × 你娘”，或是“× 日的杂种”……我总是讲不来，我虽然身强体壮，一身工作服在身，看起来和其他工友没有两样，但我说起话来，总是慢条斯理、轻言细语，像一个斯文的文化人。我身在这里，却不是这条道上的人。我常常以一个外人的身份来审视这里的一切，我观察他们，看他们打牌，看他们赌博，倾听他们侃大山、聊生活，但我从不在他们面前聊自己，聊自己的过去或是未来。是的，在工程队这个集体里，我没有朋友，没有可以交心的人，每当闲下来的时候，人们在热火朝天地谈心，我则像被人遗忘一般，坐在铺上，任由寂寞像虱子一样爬满全身。

这个时候，我总会想起千河来，我会把她写到日记里，希望能够见到她。可是每次千河出现的时候，我总是在睡熟中。越是见不到，越是无比想念，我觉得她是这个世界上最漂亮的女子，而我想打听她的一切，身世或是其他，但我又没有勇气去问其他人。渐渐地，我发现工友们喜欢在睡觉的时候谈论女人，而谈得最多的就是千河，他们常常会讨论她的皮肤有多好，乳房有多大，腿有多长，腰有多细，然而，有一个晚上，他们转换了话题。

“你说，她长得这么漂亮，为什么没有男朋友？”

“谁说她没有男朋友，她是香港老板包养的小老婆。”

“我怕那个老板没有这么大胆，你晓得她是谁吗？”

“谁？”

“蛊女。”

“你娃儿吹牛皮不打草稿，啥子蛊女？”

“就是会放蛊的女人。也叫酿鬼人。在贵州黔东南民间有谚语这样讲：‘好花开在深山里，好婆娘出生在鬼人家。发财的人家是官家，漂亮的婆娘是酿鬼。’黔东南也有无蛊不成寨之说，几乎每个寨子都有几户人家被人暗指为酿鬼人家，传说蛊女有面容漂亮、能说会道、歌声甜美、爱干净、讲卫生等特征。”

“蛊是什么东西？”

“蛊都不知道，你娃儿真是没文化，真可怕。蛊与湘西赶尸术、泰国降头术并称为东南亚三大巫术。据我了解，苗寨里的女人在山中捉来毒性极大的毒虫，有时是一条蜈蚣，有时是一只蝎子，回家在瓦罐中用自己的经血喂养，每天对其念咒施法。养成后的毒虫又肥又大，她们就拧出来，焙烘研磨成粉末，然后藏在指甲里面。蛊虫身具百毒，能通灵幻化，受蛊女驱使，杀人于无形。但蛊女也要时时祭拜，喂养蛊虫，否则反受其害。你们知道她们咋弄的吗？看到不顺眼的，向人家的茶碗很隐蔽地一弹，蛊便放好了。据说这一弹的手法也很讲究，有一指弹的，有两指弹的，中毒者症状较轻，能够治愈；并三指或四指所放之蛊就非常险恶，属于不治之症。”这

个家伙说得有根有据，不得不让人不相信。

地铺上突然鸦雀无声。

“你是说，千河是蛊女？”一个工友打破了宁静，追问道。

“你来之前没有听说过吗？她刚到这里的时候，有一个上海的男人想欺负她，后来被她弹了指甲，那个上海男人差点痛死过去。千河也自己亲口说过，他们村子里，曾经发生过一件事情，有一个汉族小伙喜欢上了他们村子的一个姑娘，姑娘也很喜欢这个小伙，为防止小伙变心，姑娘把蛊种在了小伙身上，小伙后来背叛了姑娘，直接被蛊折磨死去。”

“你说的那叫情蛊吧？”

“不管是什么蛊，反正千河这个姑娘，你可以对她想入非非，就不能去追求她，更不能爱上她。”

这一段对话，吓得那些原本对千河想入非非的工友魂飞魄散，那些原本在被子里遥想千河的身体打飞机的人，已经开始绕道而行，尽量让千河的面容从自己的内心消失殆尽。只有我，反而对千河更是好奇起来，我甚至觉得，要是能和千河谈上一场恋爱，就是中她的情蛊而死，也不枉在世上活一场。只是，我越是渴望与之接近，越是看不到任何希望。直到有一天我干了一件轰动野马工程队的事情。

那天和平时没有什么两样，吃过晚饭，工友们打牌。时间指示在8点后，大家拿着工具出了门。在市郊以南的一户人家，工头与主人家讨价还价，说好价格后，大家开工。不到半小时，墙被砌得有一人高了。

“违法建房，所有的人都放下工具。”突然，一个洪亮的声音打破了夜晚的宁静。

原本关得严严实实的大门突然被打开了，一群人冲了进来，说是上面来的综合执法组，要我们停止手上的活。所有的工人像泄了气的轮胎，站在原地，等待检查。如果是在以往，遇到类似的情况，多半是主人家交了罚款，工友继续干活，但这个晚上，来检查的人死活都不愿意让工人们继续往上盖，更要命的是，刚才建好的部分全部要拆下来。主人家再三央求不过，只好请大家把之前建好的拆除，但工友们又不愿干了，除非主人家同意再付这部分的工钱。主人家请求不得，只好答应付钱，工友们才又开始上工。但事情结果并未如愿，凌晨3点，当工作结束，工头领着大家出来找主人家算账时，主人家早已不见踪影。就像来检查的人已经消失找不到一样，主人家也无从找到。这个时候大家才发现，这是一栋很久就没有人住的老房子，房主发现“播种”是一场徒劳后，逃之夭夭了。

白干了一个晚上，白累了一场，大家说了一堆骂娘的气话，带着气愤和疲惫回到工棚。

一向寡言少语的我，这次做出了一个惊人的举动，我决定帮大家把工钱要回来。我拿出了在老家时的血气方刚，拿出了骨子里的狂野。大家都在用嘴发泄心中的不满时，我开始用行动证明自己的强大。天刚蒙蒙亮，工友们都睡下时，我从床上爬起来，朝之前种房子的那户人家走去，我知道，这家人应该没有走远，还会回来的。果然不出所料，我再次来到那儿时，这家的主人正从屋子里出来，正在给房门上锁。我没有犹豫，上前就给这个矮小微胖的男人一拳，他的脸上顿时冒起了一个红包。他想喊救命，但被我再次举起的拳头吓得说不出话来。

“你不付工钱，我今天就揍死你。”

矮小的男人这时候认出了是来自野马工程队的我，自知道理亏，看见有人路过，也不好喊救命。他蜷缩在墙角翻开了自己的钱包，把所有的钱都递给了我。我只拿了工友和自己该得到的那部分钱，把钱包和剩下的钱还给了矮小男人。

我没有对这个矮小男人再多费一句口舌，站起身来，往回走了。

我回到工棚时，工友们正在呼呼大睡，我也心生困意，倒头便睡，直到第二天傍晚，我被工头叫醒吃晚饭。快吃好饭时，几乎没有在饭桌上说过话的我，破天荒地说了一句话：

“昨晚的工钱，我帮大家拿回来了。”

工头从我手上接过钱，一脸惊诧地看着我。其他工友异口同声地问道：

“万海，你小子是怎么拿到钱的？”

“我回去找主人家了，我揍了他。”我说。

“你打人了？”工头问。

“嗯，就一拳。你们放心吧，他不敢来找，也没有来找的理由，拿回了我们应该拿回的。”我说。

他们鸦雀无声，齐刷刷地向我投来了仰慕的目光。我没有做任何回应，放下碗，离开了饭桌。

从此以后，所有这里的人都对我这个沉默寡言的四川小子刮目相看起来。有关我这次拿回工钱的经过，也被工友们添油加醋，绘声绘色地描绘。如此传来转去，到了千河耳朵里时，我已经成了一个敢于担当、英勇无畏的大英雄了。

千河觉得这是野马工程队的大喜事，体现了野马精神，应该好好庆贺，尤其是应该对我进行奖励表彰，可是她的提议，当即就遭到工头的反对：

“这个不应该庆贺，应该反思，不应该奖励，应该罚款。我们是从人家那里找饭吃，现在把人家得罪了，以后谁还敢请我们干活？我现在每一分每一秒都在担心，那个房主人被打伤没有。如果他找上门来，我该如何赔偿呢？”

工头的话让千河觉得很荒诞，她想和他辩驳，但觉得工头就是一头牛，有理说不清。

“你不庆贺，我自己来庆贺，你不奖励，我自己来奖励。”

她跑进工棚，让那些赤身裸体正躺在地铺上的工友一阵尖叫，但她对他们熟视无睹，跑到我的身边，拉起我的手，就赶往她唱歌的地方。

万海讲到这里，端起酒杯一饮而尽。不知道现在是几点了，夜寂无声，只剩下他不紧不慢的讲述，好像我们不是素昧平生，而是多年的好友，他讲的不是他普通的过往，而是深埋在心灵深处的秘密，而我是他唯一可以信赖的好基友。我端起酒杯，准备敬他，他摆摆手，又继续往下说。

千河唱歌的地方叫橘子洲，是一家湘菜餐厅，以剁椒鱼头和河奏五歌闻名于当地餐饮界。千河给我点了两道主菜，一份剁椒鱼头，一份河奏五歌，又加了百鸟朝凤、子龙脱袍和霸王别姬三道特色菜。

“今天是我为你庆功，自然要点古寨风情的特色菜。剁椒鱼头与河奏五歌是古寨风情的镇店之宝，剁椒鱼头顾名思义，不用解释，你也知道。河奏五歌，是一道只能用耳朵和眼睛品尝的菜，最具风格。百鸟朝凤是一道传统湘菜，象征欢聚一堂，其乐融融，食材主要是清蒸整鸡加熟鸡蛋，放在盘子里因鸡身隆起，鸡蛋和白菜心浮现于整鸡周围，形同百鸟朝凤而得名。子龙脱袍是一道以鳝鱼为主料的传统湘菜，因鳝鱼在制作过程中需要脱皮，形似古代武将脱袍，故将此菜取名为子龙脱袍。霸王别姬作为湘菜，问世于清代末年，主要原料是甲鱼和鸡，辅以香菇、火腿、料酒、葱、姜、蒜等作料，先煮后蒸，制法精巧，味道独特。”千河笑呵呵地对我说道。

我长这么大，头一次受到如此款待，也头一次知道一道菜有这么多讲究，有这么多文化，激动得不知道如何说好，不断地低声嘀咕：

“谢谢，谢谢。”

“和我不用客气。在这个世上，难得遇到自己欣赏的人，你算是一个。我敬你。”菜还没有上桌，千河先干了一杯。

“这就是我唱歌的地方。不过今天我已经和老板请了假，今天不唱歌，要唱也只为你一个人唱。”千河对我说道。

我一时激动得不知道说什么，筷子悬在半空。感觉好像在做梦，一时语塞。

“我是两年前来广州的。先进工厂做磨具，觉得太机械，干了一个月就不干了，后来到歌厅唱歌，我认识了黄耶。黄耶原本是音乐学院的学生，小提琴拉得好。她特别喜欢吃剁椒鱼头，她的同班男友为了能让她一辈子

都吃上正宗的剁椒鱼头，就放弃了学音乐，去厨师学校学习，最后做得一手好湘菜。两人快要结婚的时候，厨房发生事故，他的男友死了。她为此很伤心，就去跳江自杀，最后被一个香港人救起。她后来就和香港人结了婚。为了家庭，她放弃了自己的事业，从此在家相夫教子。他们的小孩出生后，他丈夫到广州开工厂，很少回香港。有一年，她想念丈夫，悄然从香港赶到广州，在丈夫的工厂里，她发现丈夫已经和内地的一个女子同居，并养育了两个男孩。黄耶很快就和丈夫离婚了，离婚后，她经常到我所在的歌厅听歌。她很喜欢听我唱歌，后来我们成了朋友，她知道我是少数民族后，要我唱少数民族的歌给她听，我就把苗族、侗族、水族、布依族、瑶族的歌全部给她唱了一遍，后来她建议我以后不要唱流行歌曲，就唱民族歌曲。这一招很厉害，不久，我成了这一带最受欢迎的歌手。因为抢了同行的风头，遭人妒恨，有一次被他们前来砸场子。那天黄耶在场，她很义气，出面帮我摆平。我觉得她是一个值得信赖的人。我来广州，到现在，唯一敬佩的人就是她，当然现在多了一位，那就是你。”千河一边说一边朝我举起了酒杯。

“你过奖了，我觉得最厉害的人是你，会唱五个民族的歌曲，想想都觉得不可思议。”我说。

“这个不是我厉害，是我命好，生在一个特别的家庭。我外公是布依族，我外婆是苗族，我爷爷是水族，奶奶是侗族，他们的话我都会讲，他们的歌我都会唱。因为我们邻寨是一个瑶族寨子，我向他们学了一些他们的情歌。”

“真了不起。”我朝千河碗里夹了一筷菜。

“后来，黄耶说她开了家餐厅，问我愿不愿意帮她做一道‘菜’，我想都没有想就答应了。我这道菜叫‘河奏五歌’。就是客人点‘河奏五歌’，在他们吃饭过程中，我就走进他们的包间，为他们演唱布依、苗、水、侗、瑶五个民族的歌曲。”她继续说道。

“原来这样，你们家那里应该很美。”我插了一句。

“很古老的一个寨子，人人会唱歌，个个会跳舞。”她朝我举起杯子干了一大口。她随后唱起歌来。

声音犹如天籁，干净清澈。让人着迷。曲调古老忧郁，让人想到地老天荒。

刚才唱的翻译就是：

云雾生最早

云雾算最老

“这是首苗族古歌。苗族先民觉得，云雾变化，形成天地。天生出来，是白色泥，像个大撮箕；地生出来，是黑色泥，像张大晒席。天地形成后，日月星辰相继出现，万物产生，有了人间。”千河唱完，向我解释道。

“歌声好有画面感，能感受到你们生活的地方，就是人人向往的世外桃源。”

“那当然，山水比画的画还好看。不过我原本很瞧不起我们寨子里的男生，我觉得他们好没有出息，一辈子窝在那个山沟里，我觉得男人应该志在四方。我甚至觉得，我将来的丈夫也应该是那种有志向、事业有成的人。不过，我看到黄耶后，这个想法有所转变。人有钱了容易变坏，我觉得还是要像我们那边的人单纯些好，人心简单，追求也简单，不复杂，容易满足，日子也幸福。”

“没有钱寸步难行。但钱多了人容易变坏。”我附和道。

“这边是很发达，很富有，住的、行的、用的、看的，花花绿绿的世界，每天都为钱奋斗，这里花钱也大，算是有了享受。不过，享受什么呢？呼吸的是汽车尾气，喝的是漂白粉漂过的水，吃的是不知道洒了多少农药的蔬菜和大米，想来还是我的家乡好，虽然不富裕，但水好，空气好，吃的也健康。鸡是自己家养的，米是自己家种的，菜那叫一个甜啊。时间长了，这里挣钱是容易，但我觉得这里的人好假，说话也假，做事也假。就说这个黄耶，她是爱他的丈夫，但她喝醉酒时，向我讲过，他丈夫不在香港的时候，她自己也到外面去找过小男生。”

她说这句话的时候，我警觉地朝四周看了一眼，生怕有人听到。

“哎呀，没有事情了，这是她亲口对我说的嘛，不过今天有点喝高了，吃菜，吃菜。”她一边说，一边又给我的碗里夹了一堆菜。

“谢谢，不要了，都快堆成山了。”我说。

“不用客气，多吃点。我很欣赏你，你身上有一股侠义之气，这很了不得。”她说。

“作为男人都应该这样，敢爱敢恨，敢做敢为嘛。”我觉得是喝高了，说起话也一改往日谦逊。

“对，就是这样。”她又干了一杯。

我借着酒劲，把自己的“光辉历程”添油加醋地描绘了一番，把自己树立成了一个见义勇为的好人，而对于自己落魄，露宿街头、住到树上的事情却轻描淡写，甚至只字不提。我从内心里想借助这个机会，博得她更多的好感。但无论如何，那个有关她是蛊女的传说，我很想知道真相如何。在她还沉浸在我的英雄故事里时，我轻声地说了一句：

“人越是出类拔萃，越是有人在背后议论纷纷。我和你比起来，确实故事单薄，经历简单。你不知道，你在野马工程队简直就是偶像，他们还把你称为蛊女。”

我话音刚落，她笑了起来，前仰后合：

“他们一定是对我又爱又怕。”

“就是，他们每天都在议论你，又都不敢靠近你，说你会放蛊。”

“这就对了。对付好色之徒，这是一个绝招。你知道这绝招是谁想出来的吗？”她很神秘地看着我。

我摇头。

“黄老板，黄耶。”

“我不算丑吧，我年轻吧，一个女孩家在外，又是给人家唱歌，难免让人流口水，难免有人对你打主意。”她说。

我一个劲地点头。

“那怎么办呢？以前我可是吃过亏的，被人摸过，你知道吗？后来我逃走了，现在想来都害怕。”她今晚喝多了，什么都对我说，我觉得她性格真是豪爽。

“我来这里，为了避免这样的事情发生，黄耶就开始向外传播故事，说我是出生在苗寨的放蛊世家，尤其是会放情蛊。她把故事编得有声有色，添油加醋，好像真的一样，把我说得神乎其神，但越是这样，人们越是想来听，越是想来看，我真的成了这里的招牌。”

“不过，这也不是空穴来风。你们苗族确实是会放蛊的。湘西就有。”为了了解真相，我不留余地。

“哈哈，是啊，她就对别人说我来自湘西呢。不过，如果我说我会，你相信吗？”她说。

“相信。”我说。

“事实上，我什么都不会，也不懂得那个东西，虽然我外婆是苗族，但也从未听她说起过，也从未听亲戚说过。不过有时候人在外，要保护自己，找到自己的一点神秘，并把它放大，这确实也是一个好办法。”

“我觉得黄耶是一个聪明的商人。”我随口附和道。

一瓶酒已经喝完，肚子也被菜和饭撑得胀鼓鼓的。

我豪情万丈地要去买单，却被她挡在门内，才发现自己真的喝大了，她也真是喝得晕头转向，看她走路都有些东倒西歪。我们就这样出了门，她说她要送我回去，我说，我是男生，自然是我保护她。她也没有拒绝，我们就像一对哥们，摇摇晃晃，互相搀扶着朝她的住处走去。

这是一个黑黢黢的小巷子。两旁是高矮不一的小楼。没有路灯，只能借助两旁人家的灯光过路。

“路灯又坏了。幸好有你陪我来，要不真的害怕得要命。”她说道。

“有坏人来，我会一脚踢飞他。”我说。

“我相信。你的飞毛腿。”她笑呵呵地说。

我们高一脚矮一脚前行。我能感觉到她胸脯的跳动。她身上的呼吸和这个跳动，让我的内心萌发一种狂野的欲望。不大一会儿，来到一个门前，她掏出了钥匙，对我说：

“到了，到了，进来坐坐吧。”

门推开了，一阵百合的清香扑鼻而来。她拉开灯，房间干净、整洁，收拾得非常整齐。一张床，一张小桌子。

“没有凳子，你就将就坐床上吧。我去给你烧点水。”她摇摇晃晃地朝门帘处走去。

桌子上有一个温水壶，一个玻璃瓶子，瓶子里插了一束百合，百合的旁边放了一个杯子，杯子里还有水，在杯子的旁边有几页白纸和几个信封。在信封的旁边有一个心形相框，相框里是她在海边的一张照片，应该是不久前拍摄的，人和现在差不多。

一张床，一床单，一被子，一枕头，枕头旁边有一只玩具熊。床单深蓝，纯土布，应该是她从老家带来的，上面有很多刺绣，被子上也是。只见枕头旁边放了好几本《辽宁青年》杂志。

她拉开门帘，只见里面是一个小房间，有一道小门隔开，左边是卫生间，右边摆着一张小木桌，桌子上放了一口铁锅，一个保温瓶，一个碗，一双筷子，一把勺子，一包盐巴，两根红萝卜，一个土豆，两个鸡蛋。

她一边摸头，一边接水。我感觉很热，问她：

“可以打开窗户吗？”我问她。

“窗户坏了，你把门打开吧。”她说。

我打开门，只见两个年轻人从门前走过，随之又走过很多人。他们的装束差不多，一股股廉价香水的气味从他们身上散发开来。

很快，不雅的声音从隔壁的房间，隔壁的隔壁的房间传来。

“她们都是卖的，来这里买的都是附近的民工。钱不贵，5 元、20 元就可以买到。”她有气无力地说道。

我感到身体发热，我想走了，但我又舍不得离开。她说她头晕得厉害，我去给她倒了一杯水，端过来时却发现她睡着了。

我把门关上，在她旁边看着她，心头有一种冲动，但我始终没有越雷池一步。夜越来越深，不雅的声音还在持续，我困了，倒在床的另外一边睡着了。

半夜醒来，我发现她的手搭在我的身上。我伸手去抱她，她没有拒绝，感觉到她也抱紧了我。

“喝多了，从来没有喝这么多。有点丢人现眼了。”她说。

这个时候，隔壁传来嘈杂的声音。有人破门而入，有人逃窜。

“警察，都举起手来。”

这突然传来的呵斥声，让我们松开了对方。

她起身下床，从桌子的抽屉里拿出了南瓜子，她要我剥来吃。她说，她也差点成为她们中的一员，刚来到这里的时候，有人介绍她去做这个，因为钱相对好挣些。

“我真有些心动呢。他们说最多的一天能挣到 100 块，还有小费，更高呢，反正没有上限。更好的是，还能遇到大老板，可以被他养起来，衣食无忧了。”她用有些搞笑的口吻说道。

“那后来为什么没有去做呢？”我皮笑肉不笑地问她。

“那个时候，很是挣扎，因为年纪小，才十六岁，不好找工作，去给人家洗碗，我又不愿意，也嫌工厂太辛苦。这个工作算得上轻松，收入高，很诱人。我没有人生老师，没有人懂我，因为经常看《辽宁青年》那个杂志，经常读上面的编读往来，我就写信给编辑老师，我问他们这样的事情做得做不得。”她忍不住笑出声来，赶忙用手捂嘴。

“编辑老师怎么回的？”我也笑了起来，差不多仰倒在床上。

“编辑老师是个大姐，她很认真，给我足足写了六页纸的回信。在信中，她举了很多例子，说那个东西会让人越陷越深，进入一个无底的深渊，要是去做了，一辈子都回不了头了。她对我说，就是饿死，也一定要做一

个好人，不可以去做那样的事情，更何况不可能饿死，因为她会给我寄钱。我其实不缺钱的，起码生活费是有的，因为从家里出来的时候，准备得还算充裕。”

“你得感谢她，她让你一直做一个好人。”我说。

“那当然，要不我就不会见到你了。”她说出这话时，脸唰的一下红透了，很快就低下了头。

我不知道该说什么，也低下了头，时间仿佛凝固一般，整个屋子里安静下来。不过，我在这个时候还是抓住了机会轻声说道：

“你是我见过的最漂亮的女生。”我的声音压得很低，我又想让她听见，又害怕她听见。我说完，不敢看她。

直到脚步声又在门外响起，我才说：

“我该回去了。”

“现在回去？太晚了，不安全。”

“就将就一晚吧。”她红着脸说。

“那好吧。”我回答她。

我们就这样躺了下来，她睡里面，我睡外面，我感觉自己心跳加快，也感觉到她也是。

我想伸手去抱她，但始终没有伸出去的勇气，生怕伸手出去，会让她觉得我是一个不良少年。我始终一动不动地躺着，压抑着自己不去想男女之间的事情。

“我感觉冷。”她说。

我小心翼翼地把手伸过去，抱住她，但很快她就把我的手拿开了。

“我不冷了。”她好像进入了梦乡，声音很轻。

遭到拒绝，担心她说我是坏人，就没有再往歪处想。可能是太困了的缘故，不大一会儿，我也睡着了。

我醒来的时候，只见阳光打在窗帘上，却没有看到她的踪影。

一杯略带黄色的水，放在桌上。

杯子的下面放了一张纸条：

“万海，你起来喝了这杯蜂蜜水，就自己煮面条吃吧。我临时有事，去邮局一趟。”

我端起水杯，喝了一大口，感觉她就在身边一般，有一种难以言说的幸福。

按照她的安排，我煮了面，吃了，像一个男主人一般，把房间的卫生做了一遍，然后就坐在床上，等她回来。但一直到中午，她都没有出现在门口，因为晚上还要“盖楼”，我恋恋不舍地离开了。

虽然没有能等她回来再见面，但我的心情有如这天的天气，晴朗无云。我甚至想，要是今天晚上不去干活儿，可以一直待在这里，晚上一起做饭，一起出去走走，再回来一起那个。心里美滋滋的，自己觉得以后可以到这里来过夜了，不用和那帮家伙挤在那个工棚里了。

我沉浸在自己的美好幻想之中。但当昨夜的发生的一切在自己的心里重复播放时，自己又难免担心起来。要是她喜欢我，她为什么要拒绝我呢?

回到野马工程队，那些工友对我死缠烂打，要我老实交代，昨晚是不是和千河过夜了，我感觉到非常恶心，没有搭理他们，蒙头就睡。直到天黑下来，在去干活的路上，我才逮住一个过来人悄声请教：

“怎么晓得一个女生是不是爱自己呢?”

“她如果在晚上把你带到她的住处，那就表明是爱你了。”他说。

“那我怎么表达我爱她呢?”我说。

“和她上床。”他很粗鲁地回我。

“那如果和她都睡在一张床上了呢?”我说。

“那你就和她那个。”他说。

“我怕她说我是流氓，不是好人。”我说。

“你已经无可救药了。”他说。

“爱她就应该让她好好的啊。”我说。

“那你就让她永远完好无损吧。”他嘲笑地说道。

我也不知道为什么，越是对自己喜欢的人，越是那样的小心翼翼，要是对待一个卖的，我想我一定会放开手脚了。但过来人的看法，让我觉得我昨天晚上对待千河的做法是错误的，我应该再次去拥抱她，她心里应该更希望我这样，我不这样，她反而还觉得我不喜欢她呢。我这样想着，几乎是热血沸腾起来，想干完活就去找她。

不过，等我们收工时，天都快亮了，整个人累得像散架一般，回到工棚就这样躺着起不来。

起来的时候，已经是傍晚了。刚放下碗筷，又得赶往新的工地，一直到天明才收工。

本来好几次，想去找她，但想到趁这几天有活干，多挣些钱。有钱了，可以请她去周边玩，也就压住了心头的思念，一心放在干活上。

直到差不多一个月后，拿着工钱满满的钱包，兴高采烈地去找她，一敲门，才发现房子已经换了主人。去橘子洲饭店找，饭店里的人说她在一周前就辞职了。我说我想见黄老板，他们说黄老板在两周前就已经回香港了，饭店转给了一个广州人。

千河就像人间蒸发一样，消失得了无踪影。我四处打听，没有一个人知道她的去向。

万海说到这里，我敬了他一杯酒。我说，喝了这一杯，我们休息吧，明天还有时间，再慢慢听你说。他说，他没有办法停下来，他不累，一定要一口气说完。我感觉有些困了，想睡一会儿，但正当我眯上眼睛时，他的声音又开始回荡在我的耳畔。

自从千河突然消失后，我就像丢了魂失了魄，我吃不下饭，做不了工，常常一个人躺在工棚里发呆。我把那天晚上和千河见面的一点一滴全部想了一个遍，没有找到自己不对的地方，我开始怀疑千河是不是被坏人劫持走了，我开始思考要不要去报警。直到有一天上午，野马工程队队长的麻脸老婆看不下去了，才告诉我实情：千河是因为接到家里的突然来电，回老家去了。

我以为她临走时走得急，来不及告诉我，她回到家乡也会想办法给我来一个电话，或者写一封书信，可是整整一个多月过去了，我望穿秋水，依然没有收到有关她的任何消息。在我们上次见面后的第七周，我实在坐不住了，离开野马工程队，买了前往贵阳的火车票。

来到贵阳，我才想起千河从来没有对我说起过她家的具体所在，我记得好像问过她，她则笑着说："在贵州的三南，黔南、黔东南、黔西南啊。”我打开地图才发现，要到这三个地方找她，无疑是大海捞针。我这时才又给野马建筑队队长的老婆打了一个电话。

“我不知道。不，她之前好像给我写过一个地址，我帮你找下。”麻脸女人在电话里说。

过了很久，麻脸女人像吃了火药似的，在电话那头大声吼道：

“你记下，惠水县羡塘乡桃源村。”

没有等我记好，电话就挂掉了。不过，我在贵阳车站总算找到了去往羡塘乡的车，只是我并不知道麻脸女人给的这个地址并不是千河家的地址所在。我后来才知道，这不过是千河在和麻子女人聊天时，说的一个燕子超多的风景名胜点。麻子女人当时觉得千河说这个地方有“蜘蛛侠”，觉得很有趣，她想在有生之年一定去看看，就欢天喜地让千河把这个地址记在了账本上。

几个小时过后，我从睡梦中醒来，发现车里空空如也，只剩下我一个人了。我走下来，看到正蹲在地上抽烟的驾驶员。

“师傅，已经到了？”

“到了。”

“到桃源村了？”

“这是羡塘，桃源村还往里走。你沿着河道一直走到桥上，过桥，顺着半山腰走，过一个水帘洞，再钻过一个山洞就是了。”

谢过驾驶员，我朝着驾驶员手指的方向走去。

这是一年的初夏，坐落在群山下的羡塘小镇，鲜花满地，绿树成荫。沿着田埂前行，可以听见脚下青草野花发出的响声。有一块地像一个孤岛一样从稻田中脱颖而出，上面种有玉米、青菜、瓜果、豆角，一派生机勃勃的景象。一个赤着胳膊的男人正在挥起锄头挖地，太阳打在他的额头上，汗如珠帘，发出夺目的光芒。走上古桥，水声潺潺，桥上有两个妇人，一边嗑瓜子，一边说笑。桥上风起，一阵清凉。远处传来打闹声，闻声望去，只见几百米远的水中，一群妇女赤裸着身子在洗澡。或许是看见我一个外地男生坐在桥上，她们故意把嗓音提高，好似朝我打情骂俏。我羞得低下头，不敢再看，那边却更加肆无忌惮，起哄的声音一浪高过一浪，翻山越岭，飘向更远的地方。

前所未有的窘迫包裹着我，我实在不好意思，走也不是，不走也不是，最后埋头走到桥头古树下，背对着洗澡的妇女，靠着树干休息。桥上有人来去，有的赶牛，有的担草，有的弓腰，背着一背篓的野菜。他们慢悠悠地走着，不追不赶。看到我坐在桥头，也不惊奇，好似看见了，又好似没有看见，留下一个个质朴无华的微笑。洗澡妇女的喧闹声越来越小，以至于听不到了，我才站起身来。

我顶着烈日，朝山腰走去，人家离我越来越远，摆在我面前的是越来越难走的山路和再也看不见人影的孤寂。

一路上再遇不到一个人，野草疯长，几乎要把整条路全部盖住，我开始怀疑这山里是不是真有人家。山谷安静得让人害怕，偶尔传来一声鸟叫，也很快被这安静吞噬。山路开始向下倾斜，我继续往前走，有水流的声音传来，声音越来越响，这个时候，一个山洞出现在眼前，水从洞里流出来，划过一颗颗奇形怪状的石头。

穿过山洞，一个山谷摆在面前，清幽冷寂，让人不寒而栗。阳光像一幅天然油画挂在山腰上，刺眼夺目，有燕子飞过，在水面划过一条黑线。我突然觉得水里有蛇出没，山上藏着邪恶的野兽，再往前行，恐怕凶多吉少。但转念一想，要是如此，那善良的驾驶员应该会有提醒，他既然没有说，应该是安全的。但就算没有野兽的攻击，要是在这里遇见坏人，也免不了死路一条，我越想越是害怕，朝后面退了几步。恰在此时，只见远处有一人从左边的山头走了下来。

来人肩挑箩筐，健步如飞，裸着上身，皮肤就像上过油的皮鞋，油亮光滑。走近了，我和他打招呼，他只是笑，不出声，打了手势，才知道他是一个哑巴。哑巴朝着溪水源头的方向前行，有了作伴的人，我顾不得其他，一路跟随。走不远，来到一个洞前，洞高数十米，有燕子飞进飞出。

哑巴朝我笑了笑，抬脚进洞，我紧随其后。只见该洞分水、旱两个部分。左有河水从洞中流出，右则是陆地，进口开阔空旷，宽约 40 米，深约 300 余米，高大雄伟，可容数百桌宴席。穿过进口，洞内钟乳、石幔琳琅满目，千姿百态，有的像巨狮怒吼，有的像饿虎扑食，有的像凤凰展翅，有的像犀牛下滩，让人目不暇给。洞顶及两壁的皱褶和岩隙间，布满燕子栖息的巢穴。时有冰凉的岩浆水从洞顶滴下，叮叮咚咚，天籁盈耳。哑巴把箩筐放在地上，脱鞋赤脚，从箩筐里拿起一个蛇皮口袋，朝左边的洞壁走去。洞壁陡峭，难以攀爬。只见哑巴犹如猕猴，身轻如燕，伸手抬脚，不过几十下，就到洞壁顶

部。见他不断往袋子里装东西，我一头雾水，不知道装的是何物，只得静观其变。

从上到下，哑巴的四肢犹如安上了吸石钉，灵敏快捷，稳靠安全，要是猕猴，恐怕都只能甘拜下风，唯有蜘蛛侠方能与之媲美。他提着袋子下来，把里面的东西倒进箩筐，我这时才看清，这是燕子的粪便。

哑巴要这燕子粪，拿去做甚？我还在好奇，这时只见一个少年，挑着箩筐走进洞来。少年好像没有看见我一般，把箩筐放下，拿起口袋，在洞壁上飞来飞去，不大一会儿，他的两个箩筐已经装满了燕子的粪便。从洞壁上下来，少年见我一脸纳闷，就对我解释：桃源村的年轻人都是蜘蛛侠，都能够在燕子洞里攀爬自如，因为他们的庄稼不靠牛粪，不靠猪粪，更不靠化肥，而是靠这燕子粪。

少年和哑巴抬粪上肩，出洞，我跟在后面，三人沿着山腰前行。沿山腰往上走不远，是一个旱洞，洞里有光，走过清冷冰凉，出得洞来，豁然开朗。大若圆盆的山谷中，十几户人家分开，安在山脚下。村子中央有一条小河，河两旁是稻田，有的已经插秧，有的蓄满了水，男人赤着上身，赶牛犁田，女人背着背篓，抬锄挖折耳根，太阳打在水面上，波光粼粼。

村庄鲜有客人到访，听说我从广州来，村民兴奋不已。他们放下手上的农活，杀鸡宰鸭，就像过节一样。他们拿出最好的米酒招待我，直到我醉倒在地，被扶到床上。这可能是我这一生中睡得最香甜的一个夜晚。在这个找不到一只蚊子的世外桃源，我的耳朵装满了青蛙的歌声，鼻腔则挤满了秧苗和青草的清香。村子里没有一条狗，因为从来没有发生过偷盗事件。无论夜有多深，人家从来不锁门。

第二天上午，炊烟升起，我还在睡梦中，就有人来请，要我去他们家做客。从村头到村尾，从第一家一直吃到最后一家，一整天，我都在饭桌上，没有等到日落，我就再次醉倒在地。这天夜里，我梦见我和千河已经成亲，我成了桃源村的上门女婿，我在这里安家落户，成了蜘蛛侠，能在燕子洞攀岩走壁地拾取燕子粪。

凌晨五点，我的美梦被打断了。我被村民喊起床，他们簇拥着我走出村庄。他们打着火把，浩浩荡荡，向山洞的洞顶走去。一群人翻山越岭，直到天色发白，才来到目的地。我筋疲力尽地躺在地上，喘着粗气。这个时候，一个村民拉我坐起来，对我高声吼道：

“快看，燕子飞出来了。”

“我的天啦。”我忍不住惊叫道。

我长这么大，从来没有看到过这么多的白腰雨燕，上万只，体羽呈黑褐色，密密麻麻，层层叠叠，铺天盖地，源源不断，从洞里飞出来。它们划过头顶，黑压压，遮住晨光，闹哄哄，打破宁静，让人窒息。

过了大约十分钟，燕群才扩散开来，天空显现，宁静恢复。这时只见村子里最德高望重的老奶奶，看起来不止百岁，手中拿起一炷香，口中念念有词：

“我的‘幺女’回来了，回来了，平安回来了。”

村民随后围着老奶奶转起来。口中则念道：

“回来了，回来了。”

可能是因为拥挤，十来只燕子掉到了地上。村民见状，蹲下身子拾起来，捧在手上，抛向空中，燕子就这样飞走了。

见我一脸疑惑，有村民对我说道：

“老奶奶称燕子为幺女。我们的庄稼全靠燕子的粪便，庄稼不用农药，也找不出一只害虫，村子里看不见一只蚊子，都是燕子的功劳。对这些燕子，我们唯一能做的就是不伤害它们，当发现它们落在地上时，大家会尽可能地帮助它们重新飞起来。”

村民话音刚落，就走上来拉起我的手，加入到转圈圈的队伍中。另外一些村民在地上搭起土灶，点燃木柴，开始烤全羊。从村民口中得知，这是村里一年一度的盛大活动，每年的农历四月初八前后十日，燕子就会从遥远地方飞回来，村民会到这山头搞一次野炊，庆祝燕子回归。

此时此刻，我才想起，我来这个村庄的目的，是为了找到千河。当我满脸含羞，小心翼翼地问村民，为什么没有看到千河时，村民一脸疑惑，把我的话传了下去。随后，所有的人都睁大眼睛，疑问重重，静默不言。一百多岁的老奶奶见状，以斩钉截铁的语气说道：

“我们村子里从来没有一个叫千河的姑娘，除非她的年纪超过我。”

为了让我打消千河就在这个村子的念头，老奶奶把整个村子所有的女孩都叫了出来，在这个高高的山头，排成一排让我辨认。我看了不下两百遍，最后不得不向老奶奶承认，确实没有。老奶奶看出了我的心思，就安慰道：天下何处无芳草，何必独爱一枝花，我们桃源村，这么多姑娘，个个好看，人人漂亮，就没有你如意的？为什么偏偏要去找那个叫千河的姑娘？你看看，这些姑娘，你中意谁，中意了，我帮你做主。

我蹲在地上，呜呜地哭了起来：

“你们为什么要骗我呢？千河明明是桃源村的，为什么不让她来见我呢？”

老奶奶一头雾水，所有的村民都觉得莫名其妙。我哭得越来越凶，桃源村一年一度庆祝燕子归来的活动，就这样被我声震山谷的哭声搅了个稀巴烂。老奶奶为了阻止这种让人觉得晦气的哭声，就让所有的人都先暂停手中的事，全部集中起来进行头脑风暴，用群体的智慧解决问题。让人不可意料的是，在桃源村有史以来最大的一场头脑风暴，最后变成了七嘴八舌无休无止的辩论，所有的人都成了最杰出的辩手，都站在各自的立场表达了自己与众不同的看法：

“真是莫名其妙，村子里从来没有人去过广东。”

“有点血口喷人，无中生有，村子里有小溪、湾河，从来就没有出现过什么千河。”

“荒诞，简直荒诞，难道我们杀了他的女朋友不成？”

“我建议，让他每家每户的去找一遍，一遍不行，找十遍，直到他承认没有这个人为止，要不会玷污我们桃源村名誉的。”

……

众人的智慧不仅没有一个解决问题的清晰办法，而且争论愈演愈烈，搅得老奶奶头昏脑涨。每个人都像吃了兴奋剂，情绪激昂，场面失控，老奶奶不得不蹲下身子，从他们中间钻了出来。

我还在一心一意地哭泣，老奶奶走过来，不说一句话，只是抱住我的头，转动我的身子，让我仔细听听村民们的心声。我被眼前这个激情飞扬的场景所震颤。朴实的村民不会撒谎，更不会与我玩躲猫猫的游戏。一个时辰后，我终于从他们长篇大论的争辩中听出了自己的一意孤行。这时候，老奶奶用她那饱经沧桑的声音问我：

“千河姑娘有什么特别的地方？”

“会唱歌，而且能分别用布依族语、苗族语、侗族语、水族语、瑶族语唱。”

“那就对了，我们村是汉族村庄。数百年前，老辈人从山西躲避战乱到这里定居，我们世世代代，不会布依族语、苗族语，不会侗族语，不会水族语、不会瑶族语，哪里又能培养出一个会这五种语言的百灵鸟？”

我的脸红了起来，从耳朵红到脖子，全身发热。老奶奶的话让我意识到自己判断错误，意识到麻脸女人提供的地址百分之百是错的。我最后站起来，向老奶奶磕头认错，向所有的村民认错，是我误会了他们，我感谢老奶奶的提醒，我将会沿着有歌声的地方去寻找千河。

那只香气扑鼻的全羊，因为烤羊人员参加头脑风暴，临阵脱岗，最后被熊熊大火烧成了灰烬。村民们为此伤心不已，老奶奶安慰大家：

“一只羊换来一个人从糊涂走向明白，换来一个人找回他的爱，那只羊死得伟大。”

不过，不是所有的村民都像老奶奶一样心胸宽广，更多的村民忍不住要戏弄我，以报吃不到羊的心头之恨。他们高声对正朝山下走去的我说：

“翻过这些高山到一个地方，那里正在造一口‘大锅’，神奇到可以看见外星人，通过它找到千河应该不成问题。”

村民的话让思河心切的我信以为真，那天天快黑的时候，我真的来到了“大锅”的所在。

平塘县克度镇的大窝凼山坳里，一片忙碌，天文学家南仁东正在指挥大家造“大锅”。这个后来被誉为“中国天眼”的“大锅”，是500米口径球面射电望远镜，它相当于30个足球场大小，用于搜寻识别可能的星际通讯信号，寻找地外文明。

毋庸置疑，那些村民和我开了一个大玩笑，“中国天眼”可以解开宇宙之谜，对千河的所在却爱莫能助。我无心去探寻宇宙的秘密，甚至都没有走进去看个究竟，就离开了那个地方。

要在一个个群英荟萃的古老寨子打听一个平凡女子的下落，这是一段看不到光亮的旅程，随时都有可能山穷水尽。**坚持前行是战胜气馁的最好办法，因为希望喜欢与奔跑同行，而绝望则是一败涂地的知音。**一路上，我给自己鼓劲，我相信我和千河的缘分，只要坚持不懈，就一定能与之重逢。

我就这样在这片生机勃勃的土地上东游西荡，走过不知道多少个村寨，路过不知道多少个村庄，依然没有任何有关千河的消息。好在一路上，除了车费，我几乎没有花掉一分钱，因为这些古老的寨子的人家总是那样热情。吃了人家的饭菜，睡了人家的床。我心里过意不去，总是在临走时，要付给人家一些费用，主人总是又把钱塞回我的腰包。他们听说了我和千河的故事，没有一个人不表示同情，大家都鼓励我，只要不放弃，就一定能找到千河姑娘。

我又在人们的鼓励中，信心满满地出发了。这天，我在路上遇到了因为在福建陈家湾发展乡村旅游，到贵州取经的陈火妹女士。她被我寻找千河的精神感动，推荐我去她的家乡福清市的名山石竹山请求神仙帮忙。她说相传西汉时期，何氏九子修道成仙后在此显圣，常以梦点化世人，石竹山遂成祈梦之所。传说明朝隆庆八年，福清港头的叶向高在十八岁那年上石竹山求梦，梦见进京途中搭船，被艄工的竹篙撑破肚，落水而亡。他惊醒过来，找寺里长老解梦。长老告诉叶向高："此乃好梦。"叶向高又问："何也？"长老回答："俗语说，宰相肚里能撑船，你这科功名不但会中，而且以后会当宰相。"叶向高听长老解释好梦，心里高兴，拜谢而归，勤奋读书，终于于万历十一年考中进士，入翰林授编修官职，二十多年后升礼部尚书，后任内阁首辅。《徐霞客游记》说石竹山岩石最胜，亦为九仙祈梦所。因为流传着不少到石竹山祈梦灵验的记载和传说，自明朝末期后，很多善男信女都慕名到石竹山祈求神仙赐梦。石竹山的祈梦故事，让我觉得特别有意思，当散心解闷，随后前往。

在陈火妹女士的帮助下，我到石竹山上住了一晚。当晚，我真的做了一个梦，梦见万重山中，有一大坝，瓜果飘香，大坝中央有一条河，绵延几十公里，看不到尽头。解梦人告诉我，贵州地形崎岖，有“八山一水一分田”之说。全省多山地，在山地中间，分布着一些小小的平地，这些平地被称为坝子。平坝、惠水和绥阳是贵州有名的三大坝子。被称为黔南粮仓的惠水拥有涟江、芦山、雅羊、摆金等大大小小的坝子不下数百个，其中涟江大坝，南北长30多公里，总面积达90平方公里，被誉为贵州第一大坝。从我的梦境描述，他判断我若到惠水寻找我要找的人，可能有机会遇到。

我只当好玩，不相信解梦人所言。回到贵州后，就沿着有歌声的地方继续寻找。一日，来到布依族民歌《好花红》的发源地——辉岩寨。

辉岩寨地处惠水涟江大坝坝区。这天，寨子里一户人家正在办立房子酒，身穿盛装的八方亲戚前来道贺，宴席满院，场面热闹。众人抬举一根大木往屋顶上送，梁中央捆着一段红绸，大木上还站着一只醉醺醺的大公鸡。梁的两端各放四个糯米粑、两挂稻穗，随着众人一声又一声嘶吼，大木往上送，只听木匠掌墨师高声唱道：

杉木是主不是客，梓木为王非臣子。

天地见它生，山水见它长。

月亮奶奶夜晚陪它生，太阳公公白天助它长。

王二见它不敢砍，麻子见它去躲藏。

鲁班师傅有神通，一眼相中做栋梁。

头头尾尾看又看，不要短来不要长。

只要一丈四尺五，

一丈幸福百年，四尺四季平安，

五寸五子登科，个个金榜题名。

嘶吼一声高过一声，下面看热闹的声浪此起彼伏，大木离房顶越来越近，只听墨师又唱道：

良辰美景立梁柱，天蓝云白上大梁。

紫微星官中央坐，子子孙孙福满堂。

祖师鲁班云中现，大梁升起报平安。

升起大梁靠中柱，祖上积德儿孙康。

八方亲友尽全力，升起大梁历代旺。

起，起，起，起，起，起。

随着墨师声音落下，大木为梁，安安稳稳放到木房中柱上。

欢呼声一浪高过一浪，热闹异常。众人的欢呼声还未落下，只见两个拴着红绸的人往房顶爬去，东边的中年男子边爬边唱道：

起步三脚堂中央，不忙不慌。
主家找我来送福，上梁去请紫金梁。
如意福禄天上降，栋梁升起闪金光。
上一步，一帆风顺，年年吉祥。
上两步，黄金万两，代代兴旺。
上三步，三阳开泰，福似东海。
上四步，四季平安，家和事兴。
上五步，五谷丰登，年年丰收。
上六步，六六大顺，六畜兴旺。
上七步，七步成诗，光宗耀祖。
上八步，八方来财，黄金满屋。
上九步，天长地久，地久天长。
上十步，十全十美，金玉满堂。

东边男子唱毕，示意西边男子道：上上大吉，请西边先生送吉祥。只见西边中年男子一边往上爬，一边唱道：

良辰吉日满堂彩，紫微高照有福禄。
上到梁头八方看，四面柱子中央梁。
大梁本是木高贵，二梁来了紫檀香。
三梁四梁不认得，不是杉木非白杨。
主家眼光就是好，华堂敞亮美名扬。
门前路阔车马喧，屋后山高引凤凰。
勤劳致富真光荣，金银财宝堆满房。
儿孙有福读书高，个个都是状元郎。

西边中年男子唱毕，只听墨师在高处唱道：

华堂落成不忘本，致谢祖师鲁大人。
祖师他是鲁国人，木匠世家吉日生。
祖师修行得造化，造物画墨日日新。
弟子万千数不完，人人手艺顶呱呱。
撒下糍粑捡起来，拜谢祖师鲁大人。
谢他主家有华屋，人丁兴旺代代昌。

随着墨师的歌声，一颗颗糯米粑粑从天而降。反拴着围腰的主人站在堂屋中央，两人拉开，去接墨师撒下来的粑粑。粑粑如雨雪飘落在地，前来祝贺的亲朋好友、街坊四邻，弯腰争抢，场面沸腾。

墨师一边撒，一边又唱道：

太阳东升光芒照，主家新房亮满堂。
正月立春来雨水，二月惊蛰是春光。
三月清明谷雨好，四月立夏在插秧。
五月芒种薅苞谷，六月七月锄草忙。
八月九月谷进仓，颗粒饱满米饭香。
梁头梁尾都悬挂，几框留着上栋梁。
主家勤劳致富快，大房大屋谷千仓。

随着这一声唱毕，只见主人再次接到墨师撒下来的粑粑。一共六颗，代表六六大顺，众人继续争抢，主人则松开围腰离开现场。

只听见之前爬上去的两位中年人又唱道：

天地盘古开，五谷神农传。

糍粑落地，福满人间。
女孩拾起，早开学门。
男孩捡得，金榜题名。
官员捡起，步步高升。
农夫得到，置田万顷。
捡起一双，富甲一方。
拾起十颗，衣锦还乡。

这边还没有唱毕，只听门口响起了男女对唱。我走出门来，只见宴席一字排开，来者是客，围桌而坐，从新房一直延伸到古桥上。仅挨门口这一桌，摆满了酒，坐满了十个女生，五个一排，各坐半边。只听左边一组唱道：

一唱姊妹过端午，百鸟齐鸣花飞舞。
姊妹好似树上鸟，接班双飞过大桥。
人生在世天天好，何时相见都是笑。

左边唱毕，右边组唱道：

二唱姊妹同天地，春夏秋冬不停歇。
好久才见妹一面，情深似海日子甜。
世上只有情谊真，姊妹喝酒又一升

右边组唱毕，左边组唱道：

三唱姊妹六月六，能文能武美名传。
文能绣花做布鞋，武能喂猪牛犁田。
人间只有姊妹好，姐来妹往情深远。

左边唱毕，右边组唱道：

四唱姊妹都有福，田地多得种不完。
粮食多得堆如山，猪牛羊马跑满山。
人生不过几十年，日子甜美笑开颜。

这里姊妹排歌还没有唱完，桥上又传来清脆的歌声。我觉得这歌声熟悉。遂往桥那边走，只听男生又唱道：

隔河望见艳山红，七十二朵做一蓬，

想着哪朵摘哪朵，都是那个艳山红。

男生唱毕，女声唱道：

好久不到花桥来，朵朵鲜花桥头开，
金花凋了还会有，情意去了不再来。

声音似曾相识，悦耳动听，走上前去，只见千河站在一排女生中央，正在与一排男生对歌。女生队伍人手一双鞋垫，针线在手上飞舞，歌声悦耳动听，男生则交头接耳，双手不停比画，声音宛转悠扬。一曲唱罢，我的眼泪像雨水滚落下来，全然忘记周围的人，周围的场景，一个箭步上去，抱住了千河。

“千河，我找你找得好苦。”我口中念念有词，泪如雨下。

在场所有的人都惊呆了，好像身体都被人点了穴位。端菜上桌子的小伙子忘了端菜，喝酒的人把杯子举在半空，吃饭的人，饭菜留在喉咙，厨子忘记了炒菜，招呼客人的人站在原地变成了哑巴。而千河则浑身颤抖，满脸通红。突然，她挣脱了我的双手，一边朝外跑，一边叫道：

“疯子，疯子，大疯子。”

我朝千河追去。这个时候，有人还要朝我们俩追来时，宴席的总管拿来了一个大喇叭喊道：

“各就各位，那是年轻人的小把戏，大家不要大惊小怪。”

唱歌的人才又开始唱歌，吃饭的人才又开始吃饭，一切又都井然有序地进行。

千河一直朝前跑，我一直在后面追。直到来到隐蔽的古桥下，千河才停下来。

“你想让我在这里抬不起头啊？大庭广众之下，像疯子一样抱着我。”

“对不起。对不起。”停下来后，我意识到了自己的不对，一个劲地向千河道歉。

“算了，也没有什么，这里的人大多数不认得我，我是被他们请来唱歌的。这里也没有什么重要的亲戚。你什么时候到贵州来的？”

“有很久很久很久很久了。你离开广州，咋不和我说一声？”我哽咽道。

“一言难尽，很多东西无法向你说清楚。我爸突然走

了，接到电话就往家赶。遗憾的是，回到家我都没有能见他最后一面。”千河的眼圈红了。

“无论如何，你应该跟我说一声。”我说。

“我怎么跟你说？很多事情你不会懂的，你不会懂的。你知道吗？我没有你的消息，我也不好受。可是，我能有什么办法呢？我一个女孩子家，我能有什么办法呢？有时候，我都很讨厌我自己，我也不知道哪个办。”千河说这些时，蹲在地上，把手插进河沙里。她拿起来时，满手是血。

她还要继续往里插时，我上前握紧了她的手，阻止了她。

“我真的不知哪个办，你晓得不？我有很多心事又不能和别人说，这么久了，只要有人邀请我出来唱歌，我都不会拒绝。我不愿在家里待着，但我又不能离开家走得远远的，你说我该哪个办嘛？”千河边哭边说。

见千河泪水如雨，我放开她的手去给她拿纸巾，纸巾还没有拿出来，她则扑到我的怀里，大哭起来。

我抱紧了她，轻声安慰道：

“一切都会好起来的，会好起来的，不要哭了。”

“你不晓得，永远不会晓得，不会晓得。”她说。

我们就这样抱着，不知道过了多久，她的泪流干了，话也不知道如何往下说了，才松开。

千河没有再返回桥上去唱歌，她带着我走出了辉岩寨。她一边走一边说：

“数十年前，在辉岩寨，我的外公蛊和外婆琴就靠他们的歌声打败了所有的歌者，赢得了一头大水牛。他们靠着那头水牛，白手起家，过上了幸福的生活。有时候我真希望我能有那个勇气，和我喜欢的人远走高飞。可是现实恼火得很，所有好的想法都经不起推敲。”

“千河，你可以和我说说吗？你是怎么想的，要我做哪样？只要能和你在一起，就是去死我也愿意。”我口气坚定。

千河伸手捂住了我的嘴，说道：

“不许你这样说，我只愿你能理解我，不怨恨我就好了。不说这些啦，我们去看我外公吧。”

我点头。

第五章

千河的外公家在贵定的音寨，从辉岩寨乘车经过惠水到贵阳，在贵阳转车才能抵达。音寨附近的山上种满了梨树、李树，每年三月，寨子门前的几千亩稻田开满了油菜花，远处是白色的梨花、李花，近处是黄色的油菜花，景色别具一格，后来的人们就给这里取了一个好听的名字——金海雪山。我没有看到这样的景致，因来时天色已晚，几十户人家笼罩在夜色中。

我们在寨门口下了车，穿过稻田，经过小桥，进入寨子。苍老的歌声从远处传来：

好花红来好花红，好花生在刺梨蓬，
好花生在刺梨树，哪朵向阳哪朵红。
隔河望见艳山红，七十二朵做一蓬，
想着哪朵摘哪朵，都是那个艳山红。
好久不到花坡来，朵朵鲜花遍坡开，
金花凋了还会有，情意去了不再来。

好花红来好花红，好花生在刺梨蓬，
好花生在刺梨树，哪朵向阳哪朵红。

歌声沙哑，有一种历经沧桑的淡然。顺着歌声，我们来到一户人家门前。

敲门。歌声停止，门开了，只见一个满头银发、一脸白胡子的老人站在门前。

“外公。”千河喊道。

“是小河啊。吃饭没得，这么晚从哪里来？”外公问。

“饭吃过了，从惠水过来，这几天在辉岩寨唱歌。”千河回答。

“外公，这是我在广东的同事。他很喜欢听我们贵州的民歌。”千河向外公介绍我。

“外公好，我叫万海。”我赶忙向外公打招呼。

“来来来，快请进，欢迎来家坐。”外公说道。

我们落座，外公走进厨房。

“外公，不做饭，我们吃过了。”

“大老远来，总要再吃点饭才行。”老人很热情，非要弄饭来吃。千河走进厨房，解释了半天，他才罢休。

千河从厨房里走出来，端来了水果，一边递给我一边说道：“刚才我们在门口听到的歌，就是我外公唱的。外婆不在了，现在男声女声就他一人唱了。”

“小河的外婆离开有好几年了，这屋里就我一个人。她走后，每天晚上，我都要哼几句才睡觉，就唱我们年轻时的那些歌曲。你要爱听，我一会儿多唱几首。”外公对我说道。

“外公，我们不仅是来听您唱歌，还要听您讲讲您和外婆的故事。”千河把水果递给外公，说道。

“好嘛，只要你们愿意听，我给你们讲。”外公抖了抖烟斗，继而把烟叶装进烟斗里，一边擦火柴点烟，一边慢悠悠地说道：

“按照我们长顺睦化后寨布依族的习俗，儿女还在背带上时，父母已经为其谈婚论嫁了。我三岁那年，父母就为我和寨上的一个女孩举行了‘婚礼’，‘婚后’新娘回娘家继续过她的童年。这种婚姻叫做背带亲。‘不落夫家’的生活，直到姑娘二十岁才结束。慢慢长大，我才知道父母给我找的背带亲新娘，我并不喜欢，而新娘也不喜欢我。长到十五岁时，我去‘浪哨’。‘浪哨’在我们布依语中是借歌传情的意思。看到同龄人都有了自己的相好，我自己也想通过‘浪哨’找到自己喜欢的女生。那个时候，年轻气盛，贪玩得很。”外公蛊说。

但凡听说哪里有歌会、节日，蛊总是去赶热闹。那年五月，听说黔东南台江施洞在举办苗族姊妹节，蛊不顾路途遥远，前往施洞。让他惊叹的是，出现在他眼前的是一个银饰争锋、万花争艳的世界。

无银无花，不成姑娘，有衣无银，不成盛装。养在深闺里的苗族女子，盛装出门，头戴凤凰银饰，脖挂七彩项圈，身穿红色绣花衣，脚踏高跟绣花鞋，叮叮当当，浓墨重彩，被母亲牵着手，迈着小碎步，走过大街，走过大桥，走过十里春风，走向清水江畔踩鼓场。

不用组织，不用彩排，不用引领，鼓声响起，舞圈已经围起来，一抬脚，一甩手，她只为他能看见她，看见她的美，看见她的与众不同。这一天是全村人的节日，也是她一个人的节日，是全村女子的表演，也是她一个人的表演。他从众人之中是否觅得她的美丽，并收藏在心间，这是她最美的期待，也是他最美的期盼。

她来这里不求众人欢心，只求有一个人欢喜，那个人站在场外，眯眼寻觅她的身影，她走他跟着走，她停他跟着停。直到两人的眼睛碰在一起，她知道他喜欢她，她觉得他是她要找的人，这一场遇见才算开始。她心中有了，并已经种下了爱的种子，她不跳了，她走出来，她的母亲为她擦汗，她朝河边走去，他跟着她去河边。

像当天的其他情侣一样，盅和琴就这样邂逅了。虽然那个时候，他们语言不通，全靠眼神交流，但这一见钟情之火已经点燃。

“两双眼睛碰到一起的那一刻，整个人都软麻软麻的。感觉在哪里见过，觉得对方是自己一直要找的那个人。”想起当年初逢，外公盅依然印象深刻。

盅和琴很快坠入爱河，并在他人的帮助下，互相学习对方的语言和民歌。

琴是歌师的女儿。她摆擂唱歌，一唱就唱了三天三夜。人们从四面八方赶来，把整个屋子挤得水泄不通，她战胜了所有的参赛者。

“水像姑娘要嫁人，太阳就是他的夫。”

当年琴脱口而出的歌词，让盅觉得琴是这个世界上最有才华的歌者。

“那个时候，感觉整个世界都是亮堂的，无论做什么都有使不完的劲儿。”回忆当年，外公盅依然激情满怀。

一开始，盅是被琴的美貌打动的，但后来是被琴的才华折服。他决定，这一生非琴不娶。

发现自己的女儿爱上一个远隔数百里的布依族小伙后，琴的母亲无法接受。她把多年来苦心为女儿制作的银饰和服饰全部藏起来，让琴没有好看的衣服穿，出不了远门。母亲原本想用这样的方式逼迫自己的女儿重新选择爱情，但女儿并没有退缩，在一个星光灿烂的晚上，逃出家门，与在村外等待的盅会合，一起踏上了私奔的旅程。

盅并没有带琴回家，可是他与苗族姑娘琴好的消息却早已传到父母的耳里。父母对这个背叛他们意愿的儿子心生怨恨，在得知盅要把结婚用的钱花在琴身上后，恨不得把他暴打一顿。

两个被家庭抛弃的孩子流落在小城街头，看不到一丝生活的希望。若不是爱情让他们懂得珍惜，懂得不离不弃，谁也不敢保证，他们是不是还能活到后来，成为一段佳话。

“完全是被爱情冲昏了头脑，什么也不顾，什么也不要，只要能与她在一起。即使是吃了上顿没有下顿，即使是给别人做牛做马，也无所谓。”外公盅说起自己的青春故事，依然心情激动。

盅以为，时间会化解一切，一年后父母会接纳琴。

然而事情并非如蛊想象的那样，一年后，他带琴回家见父母，等待他的却是一顿拳打脚踢。父亲把他打得稀巴烂，还让他滚离后寨，永远不要回来。

他还有很多兄弟，父母不缺他这个儿子。父亲是真心不要他了，他决定像一片无根的树叶，随处为家。

蛊像一个伤残兵，被琴扶着前行。他们走过无数块稻田，走过无数个山坡，走过无数个村庄，走过无数条小河，他们一边走，一边向路人讲述他们的故事，以获得同情，以此获取需要的食物和水，他们一路走，一路安慰对方，既然作出如此选择，就不能对父母产生怨恨，因为**从古至今，任何私奔的爱情都与惨烈相伴相生**。

他们最后在辉岩寨停下了脚步，因为那里贴有告示：六月六将举行盛大的山歌比赛，获得第一名的歌手奖励一头水牛，依次是母猪和白鹅。

蛊和琴没有多想，就跑去报了名。那天桥上桥下人山人海，来自方圆百里的名歌手聚在一起，一争高下。

蛊说，他并不是唱歌的高手，也不是唱歌的天才，也并没有唱歌的天赋，父母都没有好嗓子，在村里编歌也不出众。他有的只是激情和热情，那就是他对琴的爱，他希望通过这个舞台，把它唱出来，把自己和琴的故事唱出来。这天高手如林，有去年的冠军、前年的冠军，有天生好嗓子的歌神，有词曲的全能选手，他们个个信心满满，人人装扮讲究，气势逼人。盅看到这个场景，脚开始在打颤，不知不觉从脸颊红透到耳根，不知道从何处升起的胆怯，让他对这次比赛害怕起来。还在排队上场时，他已经心生退意。

盅感到周身发热。他走出人群，想找一个地方凉快凉快。他来到一个土坡上，遇见了琴。琴和他一样，也是一脸紧张。他以为琴会同意他终止参加比赛，琴却对他说：

"这可能是我们这一生唯一的一次机会，唯一的一次。我们必须要赢得那头牛，必须要赢得，要不我们会居无定所，永远漂泊。如果你心里真有我，你该去赢那头牛，而不是临阵而逃。"

盅看着心爱的女人，此时才明白，她不想再过没有着落的日子，她想有一个安定的家。他朝她点头，重新站到参加比赛的队伍里。这个时候的他就像是充了气的气球，就像是吃了激素的运动员，浑身是劲，激情飞扬，别人赢取的只是一头牛、一头猪、一只鹅，他要赢取的则是一个女人一生的安稳，一个爱情的港湾，一对小两口的美好未来。他没有回旋的余地，当他看到那个脖子上挂着红绸带的大奖水牛，目不转睛眺望比赛现场时，他更加信心满满了。

比赛开始后，无论是面对谁，他都把她想象成琴。爱情喷发出来的力量让他文思泉涌，用不完的词汇，无论对方是何方高手，他都能置对方于死地。以至于几位年度冠军还没有出场就打起了退堂鼓，到场上时发挥失常，先后败下阵来。

蛊进入决赛的时候，他完全忘记了自己是在比赛，因为所有的歌手都已经被打败了，女子组就剩下了琴，男子组就剩下了他，他们两个唱的都是自己的事情，唱的都是两人的故事。唱到遇见，他们一脸笑意，堆满幸福；唱到私奔，他们饱含泪水，歌声如泣如诉：

（蛊）

千做万做不做牛，宁愿做个花枕头。

白天放在花床上，夜晚跟妹睡一头。

（琴）

千做万做不做猫，宁愿做条花围腰。

白天拴在妹身上，晚上盖着妹的腰。

（盅）

今年想妹不插秧，割了心肝去一方。

心肝就像水边田，给妹半箱哥半箱。

哥的半箱栽葱蒜，妹的半箱栽黄姜。

同吃黄姜忘了辣，同吃葱蒜味道香。

（琴）

今年想哥不种田，割了心肝去一叶。

心肝就像山脚地，给哥半边妹半边。

哥的那边种甘蔗，妹的这边种黄连。

同吃黄连嘴不苦，同吃甘蔗比蜜甜。

人们容易被爱情打动，因为很多时候，爱情可望而不可即，不是所有的人都能为之不顾一切，义无反顾，奋不顾身，粉身碎骨。

与其说是他们的歌声打动了人们，不如说是他们的故事感染了大家。那天听得在场的老人流下苍老的眼泪，听得绿色的树叶从树上滑落，听得上天从晴朗到大雨倾

盆，听得所有的小孩都停止游玩，听得所有的青年人都为之感叹，听得河水停止了流淌、大地停止了耕种、花瓣如流星飘落。

第二天，他们赶着那头赢来的水牛，来到音寨。他们没田没地，没有房子，他们征得村民同意，就在河边搭了一座木楼，靠那头水牛，他们成了家。一年后，千河的妈妈出生了。

在这个深情的夜晚，这位古稀老人一边给我们讲述自己的人生传奇，一边唱起绵绵情歌。这些歌曲来自很多年前的那个六月六，他唱得我和千河心潮澎湃，感动不已。

老人困倦了，一切才停歇下来。我被千河安排睡在她小时候回外婆家常睡的那张小床上，我感觉到无比幸福，我觉得这次来找千河就是像来提亲一样。我坚信千河应该已经把我和她恋爱的事，向她的母亲说过了，要不就不会直接来见她的外公。只是这个原本活泼的她至今显得郁郁寡欢，好像有很重的心事，我每每要问起，都被她拦了回来。我就这样在各种情绪的交织中，辗转难眠，直到太阳照亮窗台，我才从床上爬起来。

我推开窗，窗外是潺潺的河水，鸭子在水上游来游去，大姑娘在河边洗衣，小孩儿在空地上嬉戏。河岸上面是稻田，稻田里开满了小花，小花的远处是一片古老的民房，炊烟袅袅，青瓦白墙，荡漾在斑驳的阳光里。我觉得我该和千河说清楚，我讨厌人潮汹涌的城市，喜欢宁静的乡村，我想成为这个村子里的一员。就在这时，千河敲门进来，说今天带我离开这里，要去一个更远的村庄。

“不在惠水吗？”我问她。

“不在。属于贵阳市修文县石林村，我父亲出生的地方。”她回答道。

村子的中央是一个水塘，水塘的旁边有一座小山，小山陡峭，最高处建有一座亭子，在亭子上可以看得见整个村庄的全貌。村庄有一种难以言说的气质，如果不是公路穿过，这里绝对是藏身的好场所。不仅如此，围着村庄的群山长着各种身姿的石头，有的滚圆，有的瘦扁，密密麻麻，是名副其实的石林。因为整座山上长满灌木和各种藤蔓，覆盖在上，直到有一天，千河的奶奶伊和爷爷辛为了爱情逃到此地，并割开藤蔓，在石林中搭建了一座屋子，这片石林才被人发现。人们也才知道，这个石林大得让人觉得匪夷所思，整片山全部都是，而且里面藏着无数奇观。

在石林里穿行，千河向我慢慢讲述了她奶奶伊和爷爷辛的传奇爱情。

原来，伊来自黔东南从江县一个叫占里的侗族村庄。占里藏在深山之中，要穿过很多隐蔽在山腰上的山路才能抵达，这里仿佛被人间遗忘的世外桃源，人们过着逍遥自在的生活。谁也说不清楚，他们的祖先是如何找到这个好地方安家落户的。只听说，他们的始祖姜良和姜妹成亲后，生下一个没有人形的肉团，他们把肉团剖开，撒向大地，变出了人和万物。始祖真会为占里的儿女找地方，地处山间，却梯田纵横，远离大河，却水源丰富，山谷之中，参天古树随处可见，人家坐落处，溪流环绕，野花绽放。

占里有两口井，一口男井，一口女井，村民靠喝这两口井的水，从古至今，每对夫妇只生一男一女，保持人口的不增不减。不过，占里靠男井女井保持人口零增长的说法很快被击碎了，因为有人已经打听到村庄的一个秘密，所有新婚男女都会吃一服药，正是这服药决定了孩子的性别。而这服名叫换花草的药方，只有药师一人知道。秘密传出来后，方圆数百里，想生儿子的人们，纷纷走进占里讨药方。辛的伯父也成为其中的一员。

辛在秀长大，那是一个水族村庄。辛在十七岁时，一喝成名，在一次酒席上打败了所有宾客，成为公认的喝酒高手，被人们称为酒仙。辛被一心想生儿子的伯父相中，作为他进军占里讨要换花草的首席陪酒师。不过，辛的陪酒之旅，并没有帮助辛伯父带回换花草，而是给自己带来了一生无法割舍的爱情。

带着使命的队伍来到占里，正值深秋，挂在禾架上的糯禾，光泽耀眼，米粒丰腴，色彩金黄如金，一排排、一行行，恰似海浪。走入村中，是一个银色的世界，姑娘人人好看，个个盛装，头戴银盘花、银头冠，银簪、银梳别在脑后，耳坠银环，五只大小不一的银项圈从脖子上吊下来，五根项链和一把银锁挂在胸前，一个银手镯在手腕上闪闪发光。轻轻走来，银器碰撞，声音悦耳。前行不远，高高的鼓楼里飘出歌声（侗语翻译）：

不种田地，
怎么把命养活？
不唱侗歌，
日子怎么能过？
饭养身啊，歌养心咯。
劳动别要丢，也不忘唱大歌。

走进山间闻不到鸟儿鸣，只有蝉儿在哭娘亲，
蝉儿哭娘在那枫树尖，

枫尖蝉哭叹我青春老。
得不到情郎真叫我伤心。

走进鼓楼，辛和他的同行者看傻了双眼，听傻了双耳。这和他们水族歌曲的唱法完全不一样：这是无伴奏、无指挥的侗族大歌，合唱、自然和声，如溪水流过山涧，旋律平缓温柔，音韵优美婉转，浸满了岁月沉淀的古韵和忧伤。歌者一曲唱罢，一曲继续：

只听蝉儿声声鸣，
蝉儿声声心悲切，
像是可怜我单身。
静静听我模仿蝉儿鸣，
希望大家来和声，
我们声音虽不比蝉的声音好，
生活却让我充满激情，
歌唱我们的青春，
歌唱我们的爱情。

辛和他的同行者站在地上，全神贯注，盯着歌手的嘴巴。直到歌手们的嘴巴不动，声音飘落，四周恢复安静，辛和他的同行者才跳起来一边鼓掌，一边大叫：

“太好听了，再来一遍。”

“一领众和，众低独高。”让人叹为观止的侗族大歌，确实有着无与伦比的魅力。侗族大歌没有文字，靠一辈一辈的歌师口传心授，代代相传。从春秋战国时期到现在，已有两千多年历史。也难怪这一天的很多年后，也即 1986 年，黎平和从江的 9 位歌手，在法国巴黎金秋艺术节唱响侗族大歌，一夜轰动世界，即被评价为“清泉般闪光的音乐，掠过古梦边缘的旋律”。

占里人家庆祝秋收，白天猜拳喝酒，夜晚喝酒唱歌，沉浸在一片欢乐的海洋里。好客的侗家人每天好肉好酒招待辛伯父一行，却对换花草的事情避而不谈。辛的伯父早已陶醉在这个没有悲伤的欢乐世界中，早已忘掉了此行的目的，日夜泡在歌酒之中。而辛也乐在其中，因为在这里他遇见了酒中知己伊。

伊被父母许配给村庄的一个男子，但她对那个既不会喝酒，又不会唱歌，沉默寡言、呆若木鸡的未婚夫没有爱情。她早想远走高飞，到外面去寻找自己的幸福，却碍于寨规民俗，只能以酒浇愁。但长期以来，村子里没有一个女子能喝倒她，也没有一个男子是她的对手，直到辛的出现，这个酒场上的女中豪杰第一次感觉到一醉方休的滋味。

辛的到来，完全改变了占里慢悠悠的喝酒方式，他把水族敬酒的两长一短、一长两短、两短一长带入其中，喝酒由此变得像一场盛大的音乐会一样富有节奏和激情。辛举起杯子，来来来，我们一起来："秀，秀，秀……"这个节奏叫两短一长，辛一边喊，一边一饮而尽。秀是辛所在村庄的名字，不知道从何时起，当地人在喝酒中，用这个字做文章，通过对"秀秀秀"的间隔来变化喝酒节奏，从而使得喝酒变成了一件有意思的事情。

伊喝到高兴处，教辛唱起了《蝉之歌》：

静静地，
你们听我唱首蝉之歌。
春蝉在鸣叫，
秋天不见了，
我们学春蝉，
歌声永不消。

伊的声音拨云见日，清澈嘹亮。辛忍不住又请她再唱。伊很爽快，张口即来《筑塘歌》：

娃娃筑塘堵水，堤坝天天垮；
大人拦田筑梗，日日种庄稼。
水渠架过大田坝，
竹竿接水，小河满阡陌。

唱完《筑塘歌》，伊又唱起了《木叶情歌》：

我们一起去放牛，踏过溪水中央的石头，涟漪尚未消退。
我们一起去放牛，并坐山间翠绿的芳草，
绿地还有印迹。
我们一起去放牛，你侬我侬牵汝手，手心还留温暖。
如今独自去放牛，往日山径不见郎来走，
只留相思在心头。

唱完《木叶情歌》，唱起《琵琶歌》：

这条路远，我想约你，使其近；
这山冲深，我想约你，使其平；
此路不平，我想约你，找块石垫；
路不好走，我想约你，找树架桥；

丢久不见，今晚来试探，犹如百合开花。
在那大融河，在那大融河，你在骗我，
总等总单，像秋风禾蕙。

渐渐地，辛喜欢上了侗歌。不过当轮到他唱歌时，他还是忍不住把水族的情歌声情并茂地唱了出来：

竹子有直有弯，鱼儿有瘦有肥；
哥哥莫要挑剔，姑娘哪能一样美？
淡酒也比蜜糖甜。
哥坐在凳头，妹坐在凳尾，
难为妹冒寒到我村，难为妹爬山来门前，
碟里的菜少，杯中的酒淡，
吃一块野鸡肉吧，慢慢地把淡酒咽；
只要我们话相投，只要我们情意专；

蕨菜能比海味香，淡酒也比蜜糖甜。

……

歌还是伊唱得好，辛斗不过，酒还是辛更厉害，伊醉倒在木屋中。这天，她醉卧木椅上，完全忘却她的未婚夫还在现场，她的长辈和朋友们还没有离去。她哇哇地哭了起来，泪流如磅礴大雨。她向大家诉说她的痛苦，她无法面对即将到来的婚姻。所有在场的人都吓了一跳，她的未婚夫甚至去请来了她的父亲。她的父亲看到她的丑态，觉得丢人现眼，把她拖回了家。

在以后的日子里，人们再也看不到伊的身影，再也找不到酒仙辛了。只有伊那个沉默寡言的未婚夫知道，辛带着伊跑了。因为就在伊酒醉后的次日上午，他站在自己家窗台上看到他们俩像小偷一样跑出了村庄。这个生性懦弱的男子眼睁睁看着自己的未婚妻消失在村口，不追不喊，任凭泪水滑落，打湿衣裳。

辛拉着伊一阵疯跑，直到远离占里，但越往前行，他越害怕。他想到严厉的父母，想到伯父，想到伊的未婚夫，他不敢把伊带回家乡——秀寨。

担心未婚夫前来寻找，两个豪情万丈的年轻人，沿着

都柳江一路前行。江流在雷公山和月亮山穿越，这无疑是最美的河流，漫江碧透，群山翠绿，人家依山而建，向水而生。看不完的吊脚楼，赏不尽的篁竹林，让人流连忘返的渡口和沙洲。

说到这里，万海停了下来，我给他倒酒，只见他伸了一个懒腰，又坐下来说道：

你去过都柳江吧？很难想象，今天的都柳江已和过去大不一样了。电站林立，大坝把水“腰折”，真所谓柔肠寸断呀。过去人声鼎沸的码头，沉没库底，难觅踪迹。千河和我说，在奶奶伊九十八岁那年，千河带她去三都县城玩。面对平静的都柳江，老人想起当年和千河爷爷一路逃跑的经历，依然满怀兴奋。她说那个时候，都柳江上漂满了船只，人们把大树运送到下游的广西、广东，以换取食盐、棉布、铁器和银两。她记得那天，大雨刚过，她和辛从从江过来，快到三都时，只见岸边站了很多人，江中有船工在捞东西。下去一问，才知道，是在捞车。他们不知道车为何物，很是好奇，细问身旁的人才知道，省长周西成为了把车运送到贵阳，就安排把车从广州陆路运到广西柳州，然后乘船沿都柳江运到榕江。榕江到三都的河道窄，通不了大船，只好把两只小船拼接在一起，把车运往三都。天公不作美，两只小船快到三都时，天降暴雨，河水暴涨，船车沉没。费了九牛二虎之力，船工终于把车打捞上来。船工得了一百块大洋，高兴离去。前往贵阳，没有了水路，也没有公路，湿漉漉的汽车被拆开。周西成的部下又雇了很多人，挑了十多天，才把车抬到贵阳组装。经过这番折腾，贵州算是有了第一辆汽车。

辛和伊正是跟着这辆汽车来到贵阳，误打误撞走进修文，并在石林安顿下来的。不过，在这之前，他们还在位于栖霞山上的阳明洞住了一晚，只是他们不知道明代著名哲学家、教育家王守仁被朝廷贬谪为龙场（今修文县城）驿丞时，曾居于此。在此三年，阳明先生成功悟道，从此人间有了“致良知”“知行合一”等影响深远的思想。

在石林安顿下来不久，两个贪玩的年轻人又开始了新的旅程。“大节三六九，小节天天有。”各地传来的节日消息，让他们兴奋不已，他们收拾行囊，又出发了。

一路上，各地举行的各种各样的节日，让辛和伊大开眼界。在毕节，他们跟着彝族同胞打着火把，在山间田野穿行，篝火彻夜不熄，人们尽情高歌。很多年后，当辛对自己的孙女千河说起这段日子时，仍兴奋地感叹道：“过年是嘴巴的日子，火把节是眼睛的节日。”

而千河最喜欢听的，莫过于爷爷说起“变人戏”的那段。在乌蒙山深处，一个叫裸戛的村寨，正月间会上演撮泰吉，也称“变人戏”。撮泰吉出场人物共六人，五人需戴面具，面具是杂木制成，面相不分男、女、老、少，通过有须和无须来区别性别和年龄。面具色彩单一，黑白分明，看起来给人以滤憨、稚拙、怪诞、夸张的印象。演出开始，除山林老人惹戛阿布不戴面具外，一千七百岁的阿布摩（意为老爷爷）戴白须面具；一千五百岁的阿达姆（意为老奶奶），是阿布摩的妻子，戴无须面具；一千二百岁的麻洪摩（意为苗族老人），戴黑须面具；一千岁的嘿布（意为汉族老人）戴兔唇面具；阿安意（意为小娃娃）是阿布摩与阿达姆的孩子，戴无须面具。撮泰吉于每年农历正月初五到十五上演，旨在驱邪祟、迎吉祥、祈丰收。全戏共分祭祀、耕作、扫寨三部分。其中扫寨部分彝语叫米夺秋，正月十五才演。那天，惹戛阿布带领撮泰老人走村串寨，扫除灾难和瘟疫，祝愿人畜兴旺，五谷丰登。每到一家，他们会在火塘边念一段吉利的祝词，并向主人索要鸡蛋和麻，离开时从草房四角扯一把草。最后来到寨子路口，把三个蛋埋入土中，点燃茅草，将其余鸡蛋煮熟分食，口中叫道："火星走了！火星走了！"

说到这里，万海喝了一口酒，说千河对他讲起撮泰吉，绘声绘色，手舞足蹈，他忍不住笑了起来。而千河则不苟言笑，口气严肃：

"离开裸戛，毕节山头，杜鹃花漫山遍野，有如山火蔓延数百里，烧红了一个又一个山头。若是那山头能找到水源，想必我爷爷和奶奶不会走下山来，会选择守护鲜花过完余生。"

一眼望不到尽头的草海留下了辛和伊的身影。他们开船走进芦苇荡，密密麻麻的黑颈鹤划过天空，星星点点落在岸边。作为全球八大候鸟迁徙带之一，草海不仅是黑颈鹤的天堂，也是斑头鸭、凤头潜鸭、赤麻鸭、谷顶鸡等鸟类的家。

密林深处，红崖赤壁和绿水青山交相辉映。离开草海来到赤水，他们犹如进入了的远古时代。诞生于数亿年前的蕨类植物之王——桫椤随处可见，这种不开花、不结果的活化石让他们看到了生命的力量。他们决定在冒着酒香的赤水河畔安家，可是当六月的暴雨来临时，他们不得不又开始了新的旅程。

途中听说，梵净山下的寨沙侗寨有歌会，他们夜以继日，迫不及待地赶往那里。如果不是途中偶遇黔金丝猴，他们还以为一直朝前走就是寨沙。伊小时候听长辈说过，这些四肢灰黑、满脸蓝灰、鼻孔上扬，瞪着一双大眼睛的家伙是“世界独生子”，数量稀有，它们生活在梵净山密林的最深处，不会让人轻易看到。若人遇到它们，只能说明误入歧途，进入了森林禁区。伊的判断千真万确，他们后来花了差不三个月的时间，野果作餐，树叶作床，过蛇窝、越狼窝、斗老虎、战黑熊，经历了九九八十一难，才回到人类的家园。

山峦如波涛起伏，没有边际，他们走进了神秘麻山地区。那是一年中最热的季节，汗水打湿了衣裳。苍凉的古歌从远处传来，他们顺着歌声，走进一个苗族村庄。村庄有老人走了，搭起灵棚，对联上写着：哀哀我父鲁王门生，悠悠苍天而今逝矣。横批：当大事。很多年后，辛才从报纸上知道，那对联说明死者是苗人首领亚鲁王的后代，向苍天禀告要回归祖灵之地。唱歌的歌师，当地人叫东郎，他们唱的是苗族英雄史诗《亚鲁王》。在苗族的观念里，人的死亡并不意味着生命的终结，而是将在另外一个世界与祖先相聚，继续生活。东郎是亡灵指路人，通过唱诵帮助亡灵回归故里。东郎唱诵的《亚鲁王》，讲述了天地万物的起源、演变和发展，亚鲁王的成长、创业、征战、带领族人迁徙的过程。告诉亡灵我们是谁，从何而来，到何处去。当年虽然不知道唱的是啥，但沉郁悠远的唱诵让两个喜欢唱歌的年轻人听得津津有味，久久不愿离开。后来很多年过去，辛看到相关报纸的报道，就回忆起这个久远的唱诵来，几十年的谜团也才就此解开。

他们听说苗寨走不远就有一条河时，就离开苗寨，又上路了。烈日下，他们像两头水牛，在格凸河滚了一个下午，直到筋疲力尽，才爬上岸来。在岸上，他们抬头看见，大山洞里有人家，两个无所事事的情侣造访了这个神奇的山洞，并在那个无比凉爽的山洞村庄躲过了那一年最毒辣的太阳。

辛和伊走出山洞时，天气开始改变行程，从万里晴空走向大雨倾盆。正是那场看似无休止的大雨，让他们成了兴义顶效镇绿荫村的常驻客。

绿荫村的人家很好玩，盖房不用瓦，而是就地取材，直接把石块加工成片状，盖在房顶上。村民告诉他们，盖在房顶上的多被称为“四脚蛇石板”，上面有很多小动物。村民并不是危言耸听，取一块“瓦”下来仔细观察，就会发现上面有一种颈长腹圆、四肢发达的小型爬行动物。很多年后，他们才从电视上知道，那些化石很有来头，科学家叫它们贵州龙，它们生存的时代叫三叠纪，距今2.4亿年。那个时候，兴义旁边的云南是一片陆地，远处的黔东南则是一片深不见底的大海，兴义一边靠陆地，一边靠海，水不深不浅，还有无数的小岛。以贵州龙为代表的爬行动物在这里你追我赶，游来游去。后来，兴义海域水面上升，浅海变成了深海，爬行动物陆续死去以至灭绝，它们中没有腐烂的躯体卷入小岛的岩层，获得永恒。当然，科学家在离黄果树不远的关岭，也发现了迄今为止，世界上种类最多、保存最完整、规模最大的化石群。

“四脚蛇石板”让辛和伊瞠目结舌。每当夜色来临，他们老是梦见自己变成了鱼，而且被水淹得喘不过起来。源源不断的噩梦，让他们不得不离开顶效，来到那个歌声随处飘扬的下纳灰村。夜里布依族的“八音坐唱”跑进他们的耳朵，古老乐曲演奏的歌谣，如泣如诉，让两个年轻人开始思念自己的家乡。若不是那峰林的气势磅礴让他们懂得什么叫坚强，想必天不亮，他们就败下阵来，粉碎爱情，各自回乡。

如果辛与伊分手，辛还可以回到家乡，重头再来，伊则不可能，她已无处可去。任何一个古老的村子都不会接受一个与外乡人私奔的女子，虽然占里人不至于置她于死地，但比这个更惨烈的民风，在他们走过的村寨里曾有上演。一个女子因为和外来的年轻人私奔，后被村民捉回去，直接五马分尸。这个在毕节大南山听到的传说，让人毛骨悚然，深深地在伊的心里种下了让人心生恐惧的种子，不容她与辛分手。但当辛带她离开万峰林，来到南龙古寨，那些参天古树，那些老得东倒西歪的木屋，斑驳琉璃的石梯在她的眼前晃来晃去时，她忍不住痛哭起来。

她想念她的父母了。

伊的哭声让辛无比烦躁，他这辈子最大的缺点就是见不得人哭，尤其是自己喜欢的女人。他一气之下，决定把她送回占里。两人就这样往东南方向前行。

一路上，伊没有停止哭泣。从黔西南一直哭到贵阳花溪。花流成溪。“春风吹钓丝。偶逐蜻蛉起。还同花溪鱼，演漾花溪水。长空写潭影，澄怀澹如此。出处偶然事，论心付葭苇。”“真山真水到处是，花溪布局更天然。十里河滩明如镜，几步花圃几农田。”花溪的绝世美

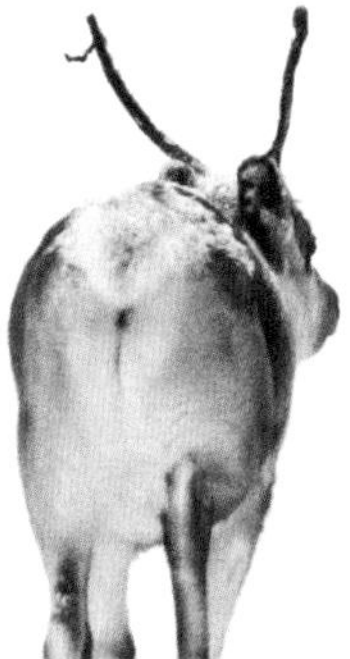

景曾感动了无数的文人墨客，却没有让伊止住眼泪。伊哭得花溪的水都断流了，哭得路边的柳树都枯了。辛拿她没有办法，只好弄了两坛酒，来到河边，两人干了一碗又一碗。他们从第一天下午一直喝到第二天上午，并高声发誓此生无论发生什么，都对伊不抛弃不放弃。伊才放下土碗，轻轻地告诉他：

“我怀孕了。”

这个消息让辛既激动又担心，激动的是他将要做爸爸了，担心的是生下的不是男孩。他心里很清楚，要是生下一个男孩，他带着伊回家，父母和族人就不会再计较他所有的过错，反而会对他们夹道欢迎。为了实现这个美好的愿望，他们又开始向梵净山进发，只是这次不是去寨沙参加歌会，而是要爬上这座久负盛名的佛教名山，去梵天净土，感受武陵山脉主峰的俊美，祈求佛祖保佑，让他们心遂所愿，愿遂所归。

几个月后，他们从梵净山下来，回到了修文大石石林的那个爱情小屋，直到生下了他们的儿子，也就是千河的父亲，一家三口才回到秀寨。

几十年过去了，千河的爷爷辛为千河的奶奶伊搭建的爱情小屋已经淹没在藤蔓之中，再寻不得它的踪影。只有走进大石乡的情侣们，才能觅得它势不可挡的气息，在遥想它久远的过去和生机勃勃的未来中，获得为爱前行的力量。

向我讲完爷爷奶奶的故事，千河的脸上露出苦涩的微笑。我没有在意千河的表情，毋庸置疑，接下来她要带我去见她的母亲，即使不去见她母亲，也不会再离开我了。我完全被千河外公外婆、爷爷奶奶，为爱可以不顾一起的精神所打动，我情真意切对千河说道：

“河，我是真心的，我愿意守护你，直到你走不动为止。”

千河的眼泪滑落下来，她没有伸手去擦拭，而是任其汹涌。手里没有纸巾的我到处找纸巾，但终究没有找到，我只好用我的脸去帮千河擦拭眼泪。千河没有从自己的包里把纸巾拿出来，而是接受了我的脸蛋，最后我们相拥在一起，紧紧地。这就是很多年前，千河爷爷奶奶相拥的那个地方，只是辛和伊相拥迎来的是一辈子的永恒，而我和千河的相拥的是一辈子的别离悲伤。

离开石林，我们来到贵阳的一家服装店，店里播放着班得瑞的轻音乐。千河直接走过去，拿起了一件绿色的休闲西装。

“你试一试。”她对我说道。

我从试衣间出来时，她的脸上划过一丝苦涩的笑容。

“你喜欢吗？”她对着试衣镜前的我说道。

“喜欢。”我回她。

“喜欢，就穿着走吧。”她干脆爽快。

她没有等我反应过来，就把款付了。我执意要穿之前的衣服，她却要我穿刚买的新衣。

“我之前来这里逛过，一直就觉得这件衣服很适合你。果不其然，你穿起真的很好看。”

“你喜欢就好。要去见你家人，是要穿得好看些。”

她好像没有听见我说的话，径直朝前走。

“我要去做头发，要很时髦那种，你帮我挑选。”

“只要你喜欢。”

我们走进了一家理发店。

她想把自己的头发染成白色，她说她要在我的面前老去，让我看到她是怎么变老的，这天好似她陪伴了我一生。

“我个人不大喜欢染发，染发伤身体，你可以做一个好的造型。”我态度坚决。

她说：“我要染，再不染就没有机会了，就染这一次。”

她就这样让染发师帮她弄了起来。

我一向讨厌年轻人染发，我也说不清楚为什么，总之，我觉得有点不伦不类。我无法阻止千河，觉得很沮丧。理发店的音响开得很大，杜德伟的《情人》和张宇的《雨一直下》不断回旋。虽然这是当年最好听的两首歌曲，但我听不下去，抱着头，把耳朵捂得紧紧的。我坐在椅子上生闷气，我突然觉得千河是不是就是表面上看起来淳朴，实际上并不如此的女子，我甚至觉得自己是不是看错了千河，她本身可能就是那种非纯天然的女子。

千河的头发染了一半，师傅有其他事，让她等一会儿。她站起身来，看到我抱着头，一脸不高兴的样子，就主动和我说话。我头也不抬，懒得理她。或许她突然意识到我真的不喜欢她染发，不喜欢看到她老去的模样了。当师傅过来，她又坐回镜子前，师傅才刚动手，她突然叫停了，并要求师傅帮她染回来。

“你不会是疯了吧？”

“刚才是疯了，现在恢复正常了。麻烦你染回来吧，该付的钱我会付给你。”

听她对师傅说，或许她突然明白了，女为悦己者容，她不想弄一头白发，让我难受吧。

记得那天从理发店出来，吃了点东西，天就黑了。她带我来到白雾听香客栈。我记得很清楚，一辈子都不会忘记。在喷水池，新开的，装修很有意思。走进房间，通过灯影感受到的是一幅立体的画卷，感觉自己就来到一个叫娜姑的小寨，并在那个小寨里感受到了无与伦比的美好。我激动得不知道如何是好，心都快跳了出来，巴不得马上关灯，躺下来。千河看起来很平静，她从卫生间洗漱出来，就羞涩地坐床上。她一直在深呼吸，我想，她可能是想让整个身心放松下来，以迎接即将到来的气吞山河。我这样想着，很快脱掉衣服，跑进卫生间洗澡去了。

我们两个完全没有任何那方面经验的年轻人，就这样躺下来，躺在绿油油的床单上，当灯光暗淡下来时，整个房间变成了草地上的黄昏，远处是青山，不远的地方则是一条河流，当我们把嘴巴靠近的时候，不得不又退了回去，因为这个场景让人觉得旁边好像有人在看。我等之不及，索性站起来，把灯关掉了。屋子终于一片漆黑，再寻不得一丝光芒。而我就这样在黑暗里摸索前行，直到抵达让人魂牵梦绕的地方。

夜寂无声。万海说到这里，站起身来。他走到墙柜前，并打开了其中一个柜门，把一个大木盒从里面抬了出来。木盒是锁着的，只见他拿出钥匙，打开了它。

我站起身来，看到木盒里装着一双彩色的鞋垫。只听他声音有些沉重地说道：

“这是她送给我的唯一的礼物，我一直珍藏着。你说，我们还会见面吗？”

“会的，一定会的。”我接过鞋垫，安慰他道。

鞋垫是马尾绣，红底白边，蓝紫相衬，左只绣的是“地久”，右只绣的是“天长”。

“心灵手巧，绣中精品。地久天长，寓意真好。”我一边把鞋垫递给他，一边说道。

虽然窗外还是一片漆黑，但我听到了鸟儿的叫声。天应该快亮了。他接过鞋垫，放回木盒，又坐下来继续讲述。

这一切犹如梦境。第二天上午，我醒来时，没有看见她，若不是那床单上留下血迹，我都不敢相信这一切是真的。屋子里没有她的身影。一杯蜂蜜水放在桌上，余温不在。她应该是天不亮就走了，她去了哪里？我端起那杯水，发现台灯旁边有一个胀鼓鼓的信封，信封的旁边有一双鞋垫。

我赶忙拆开信封，只见上面这样写道：

万海，当你看到这封信时，我已经走了，你不用再来找我，你是我一生的最爱。缘分至此，忘了我吧，不要牵挂，不要流泪，愿我们一辈子安好。

黔桂交界，贵州境内，黔南荔波，群山之中，有一股水从茂密的森林里流出，经过灌木丛，滑过小石山，在低洼处形成一条河流。河上有一座桥，桥有七个孔，人们就给这里取名小七孔。从小七孔往北前行十公里左右，樟江边上，有数十亩花田，花田对面有一个寨子，名字叫秀。秀寨有几十户人家，干栏式建筑，木房青瓦，依山而建，直到山腰。晨起日落，炊烟袅袅，青山、流水、人家、花田，宛若仙境。

秀这个寨子只有不到二十户人家，多半靠种植茶叶为生。我从小在秀长大，奶奶伊教我唱侗族大歌，爷爷辛教我认水书。爷爷希望父亲将来能像他一样做水书先生，但父亲更喜欢当木匠。母亲遗传了外公盅、外婆琴的好嗓子，她不仅布依族、苗族歌曲唱得好，水族歌曲也能张口就来。

因为父亲做木匠，爷爷奶奶死后，农活由母亲一人打理，一到春天我就跟随母亲到田埂、山间，我们的歌声随风飘荡。逢年过节，母亲带我去看外婆、外公，去走访奶奶老家的寨子，我迷恋那些古老的民族歌谣，从小就能反复吟唱。

我们村有一个大粮仓，那是人民公社年代修的，用于存放全村的粮食。从包产到户至今，大粮仓空了出来，每逢下雨，干不了农活，全村人就聚集在大粮仓里，一边唱歌，一边刺绣。有人绣背扇（俗称“背儿带”），有人绣围腰，有人纳鞋垫，有人做绣花鞋。我们是用丝线裹马尾制作图案进行刺绣的，因而得名马尾绣。马尾绣是我们水族的瑰宝，在秀寨传承了上千年，有人称它为刺绣的活化石。我小时候，母亲用自己做的背扇来背我，上面有一条丝带捆着两个圆轴的图案，中央还钉有很多像黄豆大小的铜钱。我们水族人相信，这个图案和铜钱一样能辟邪。古时的书是竹简样式的，所以图上两个圆轴指的就是书。丝带既是捆书的带子，也暗指闪电，在水族的传统文化里，闪电能辟邪。

秀寨对面的花田里有玫瑰、紫荆、薰衣草、山茶花……过完十二岁生日，我去花田看花，看到喜欢的，会向种花人讨要一些，拿回家来，插在花瓶里。有时候母亲一早醒来，打开房门，会看到门口放有彩色的花束，这是喜欢我的男生送给我的，母亲悄悄把这些花束插进瓶子。那个送花的男生没有得到回应，也就知难而退了。母亲对我要求严格，她说："到你过卯的时候，自然会让你去见喜欢你的人。"

过完十六岁生日，我去三都卯坡参加卯节。卯节是我们水族的情人节，每年固定在卯坡上举行，方圆百里的水族青年纷至沓来，以歌会友，以歌相恋。我的歌声打动了无数的男子，而且这些男生个个才华横溢，有的出身于木工世家，拥有举世无双的技艺；有的是当地有名的歌手，认得水书，拥有超高的智慧。即便是这样，我都没有从他们中间选择其一，而是挑了我们同村人旺，因为他是当地有名的骑手。

在水历年终岁首，辞旧迎新，祭祀祖先，庆贺丰收，我们水族会过端节。端节以水书水历推算出来，从头到尾长达四十九天。端节应该是世界上历时最长、批次最多的传统民族年节。每年端节，秀寨都会举行赛马比赛，旺是永远的冠军。他身体强健、精力旺盛，骑在马上英姿飒爽。

我和旺的交往是从发誓开始的，我们对着产蛋崖的石头菩萨发誓:“此生此世，谁要变心，就会变成石头蛋。”但就在誓言之后的第二天，我和他的交往就走向死亡。一心想做一回马上侠女的我未能如愿以偿，旺直接冷冰冰地回绝了:“我的爱马，女生不能骑。即使是有一天这个女生成为我的老婆，为家族贡献巨大，生一堆孩子，也不能驾这匹赛马。”旺的斩钉截铁让我突然觉得自己遇到了一个无情的人。他无疑是一个爱马如命，视自己的女友如草，不懂得爱情的臭小子。一气之下，我不再搭理旺，而旺为了让我与他和好如初，在我家门口一站就是一天一夜。而这一天一夜，他没有吃下一口饭，没有吞下一口水。他以为这样就能让我回心转意，而事实上我已经下定决心不再搭理这个“无情”的男生，除非他牵他的爱马来到我家门口，让我“一骑成名”。但这个臭小子听信“被女生骑过的赛马会与冠军绝缘”的传言，自己的坚持始终没有动摇过。他绞尽脑汁，用最不可思议的方式，开始向我发起进攻。

夜半时分，旺在我家木楼上开始凿洞，而这个洞就在我卧室的木墙上。木墙质地坚硬，旺一直折腾了整整一个月零十天，这才凿通。就在旺大功告成的那天晚上，他把一根竹竿掏空，穿过墙洞直达我的床前，开始对房间说话。他从内心感激前人的智慧，这样的方式让他文思泉涌，他一口气把多年来积累起来的情话，声情并茂传递出来。那天晚上月光皎洁，村民早已进入梦乡，他从皓月当空一直说到月亮穿过竹林，离开村庄抵达更远的地方。他把所有的话说完后，开始了漫长的等待，竹筒里传来的任何一个风吹草动，都会让他绷紧神经。只是这个风吹草动，与他的盼望大相径庭，房间里没有传来我的一丁点儿声音，如果不是那只小老鼠从我的房间穿过竹筒爬到他的耳朵上，让他惊慌失措地摔了下来，他可能还会坚持到太阳升起，东方光亮。

旺轰然落地的巨大响声，让我的父母从睡梦中惊醒过来。要不是我的父母了解瑶族凿壁谈婚的习俗，一定会以为旺是一个色情狂，非打他个半死不可。父母对方圆百里的民风习俗了熟于心，他们年轻的时候，出于好奇还曾经做过类似的游戏。我的父母开始后悔听信我说的，旺对我并非真心，而在一个月前就答应了我去广州打工散心。出于职业的敏感，我的父亲能体会到旺对我有多少真心，因为他是在这坚硬的木头上凿洞，持续一个月不间断，而且不能让木屋里的人知道。

“非一日之功啊。”

我的父母看出了旺的诚意，把旺请进家里，就像对待自己的孩子一样。他们让旺放心，已经决定把我许配给他了。

当旺得知我在一个月前就已经离开家去广东打工散心时，有些失魂落魄起来，而我的父亲对他说，会想办法让我早些回来。旺心怀感激，跪在地上，提前喊了爸妈，我的父母也欣然答应。从那以后，我家有大小事，旺会准时出现。而在广州隔着千山万水的我并不知道这一切，父母觉得电话里说不清楚，想等到我回家时再说，而十个

月后，父亲则发生了意外。

一天上午，父亲去山上砍树时，被树砸倒了。旺听到这个消息，一口气跑到山上把他背到医院，可是因为流血过多，父亲很快辞世了。

自古以来，我们村有一个习俗，那就是女人死了，需要杀牛祭奠，男人死了，需要杀马祭奠。有钱的人家，总是不惜重金，买最好的牛和最好的马来做祭品，斗牛和赛马常常成为他们重点考虑的对象。我们家并不富裕，家里也没有养马，父亲的突然离世让我的母亲手足无措、伤心欲绝，已经没有精力顾及买马祭祀的事情。看到自己的准丈母娘一夜白了头发，旺觉得祭祀马的事情只能落在他的头上。

旺作出了一个决定，他要把他心爱的马送给我的父亲，让它陪他登天。当他含着眼泪把爱马牵到葬礼上时，所有人都向他投来了敬佩的目光，很多上了年纪的老者朝他竖起了大拇指。

谁也不知道，旺在作出这个决定时，他哭了整整一个晚上。他怎么都不会想到，这个给了他自信和荣耀，与他相伴如兄弟的好伙伴会以这样的方式与他永别。他之前想过无论发生什么，都会让它终老一生，自然死亡，不会让它被刀砍死，走向惨烈。

虽然旺和我将来会如何，谁都没有办法预料，我在广东已经如何，他也无从知晓，但这个朴实的男人不会去计较这些事情。他只是觉得他深爱着我这个女子，我的父母就是他的父母，无论我将来是否与他结婚生子，无论将来我和他是否在一起。他爱我，他应该去做他能做到的一切，他就这样想，也这样去做了。他把马牵给祭师，向马说了一万个对不起，直到马理解，流下了眼泪，他才转身离开。

万海，我们家欠旺的太多，我不能抛下他不管。我知道你会来找我，在有歌声的地方，我们一定能重逢。我其实很想跟你走，走得越远越好，就像我的奶奶和我的爷爷，就像我的外婆和我的外公，不顾一切地走，即使是背着私奔的骂名。但当我回到秀，知道了这一切，已经没有办法再这样选择了。我带着你去了解我的爷爷奶奶、外公外婆那两段古老的爱情，让你明白我有为了爱不顾一切的血液，也是一个为了爱可以义无反顾地跟着你走的女子。只是面对旺，这个对我家有着深情厚谊的男子，我只能把第一次给你，却要用一生去陪伴他。

万海，你是我一生的最爱。缘分至此，忘了我吧，不要牵挂，不要流泪，愿我们一辈子安好。

永远爱你的千河

1998 年 5 月 6 日

说到这里，万海起身，朝门口走去。此刻黎明已经来临，初生的太阳染红天际。这个与世隔绝的无名之地响起了万海的歌声：

好花红来好花红，好花生在刺梨蓬，

好花生在刺梨树，哪朵向阳哪朵红。

尾声

小说结束了。再听不见老师蒋勋般的声音，四周恢复了死一般的寂静。罗瓦涅米的极夜还未结束，时间仿佛被凝固了一般。北极光像烟花划过天际，又很快消失于夜空。玻璃屋的时钟指示，已是正午。

多年来，在圆顶玻璃屋。我已经不知道听了多少遍《在慢慢的时光里等你》，但从未感到厌倦，这或许是我想念老师的方式，也或许这么多年，我和老师一直以这样的方式在幽会。

驯鹿，温顺的驯鹿，迈着它优雅的步子，朝玻璃屋前行，四周依旧白茫茫，森林在远处，仿佛睡着了一般，一动不动。

我困了，我在雪橇上，伴随着悦耳的铃铛声，渐渐进入梦乡。在梦里，我看见老师在寺庙里念佛经，寺庙在群山之巅，高耸入云，我进不去。云雾缭绕，老师若隐若现，我只能远远地看着，远远地看着……

补记

关于我的后来，你们都知道了。我在芬兰读完书后，就留在芬兰做设计工作，并为枕水先生实现了他的愿望，在湖边开了一家书店，名叫“在慢慢的时光里等你”，想必你们已去过。照管书店的老头是我的爸爸，他不甘落后，自学了芬兰语、英语，成了一个称职的图书管理员。

为了纪念值得我用一生去爱慕的人，我写下这篇文字，愿他知道，愿他晓得，愿他听见，愿他明白。我爱着他，一直爱着他，在慢慢的时光里爱着他，爱着他，爱着他，永远爱着。

特别鸣谢

特别鸣谢

一路走来的相遇重逢

罗瓦涅米的宁静山河

特别鸣谢

贵州的每一寸土地

尤其荔波的喀斯特

村村寨寨飘荡的天籁之音

尤其纯净神秘的侗族大歌

特别鸣谢

为本书出版、发行辛勤付出的人们

尤其策划编辑刘嘉女士、责任编辑陈光先生

特别鸣谢

著名诗人、十二背后董事长梅尔女士，是她为本书提供了 Jean-François FABRIOL（法国）、Bruno.hugon(法国)、李

元胜先生、赵揭宇先生、杨进先生的摄影作品

特别鸣谢

芬兰摄影师 Jussi Perkkiö

特别鸣谢

贵州摄影师陈建先生、张文来先生、木瓜先生、韦祖波先生

特别鸣谢

我的家人及朋友们

尤其正在翻阅书页的您

山峰

2021 年 1 月 15 日于贵州都匀

正文图片索引

122~123	**萤火之梯田** / 视觉中国提供
132~133	**雪松太平鸟（罗瓦涅米）**/Jussi Perkkiö（芬兰）
140	**晨曦（罗瓦涅米）**/ Jussi Perkkiö（芬兰）
144~145	**Santa's Igloos Arctic Circle（罗瓦涅米）**
158~159	**水族祭祀（贵州）** / 陈建
168~169	**蜡染百褶裙（贵州）** / 陈建
175	**芬兰的狗拉雪橇** / 视觉中国提供
178~179	**极夜下的正午阳光（罗瓦涅米）**/Jussi Perkkiö（芬兰）
188~189	**冬天的斗篷山（贵州）**/ 陈建
197	**宽阔水原始森林大地缝**（贵州）/ 杨进
208~209	**黄岗侗寨（贵州）**/ 陈建
220~221	**布依族枫香染百褶裙（贵州）** / 陈建
232~233	**双河溶洞晶花洞（贵州）**/Jean-François FABRIOL（法国）
242~243	**苗族女青年（贵州）** / 陈建
256	**枯叶蝶（贵州）** / 李元胜
268~269	**极昼下的午夜阳光** /Jussi Perkkiö（芬兰）
278~279	**驯鹿在白雪覆盖的街道上奔跑** / 视觉中国提供
292	**驯鹿（罗瓦涅米）**/Jussi Perkkiö（芬兰）

图书在版编目（CIP）数据

从贵州到罗瓦涅米 / 山峰著 . -- 北京：中国大百科全书出版社，2022.3

ISBN 978-7-5202-1072-0

Ⅰ . ①从… Ⅱ . ①山… Ⅲ . ①长篇小说—中国—当代 Ⅳ . ① I247.5

中国版本图书馆 CIP 数据核字（2022）第 005871 号

出 版 人　刘国辉
策　　划　刘　嘉
责任编辑　陈　光
装帧设计　今亮后声 · 赵晓冉
责任印制　邹景峰
出版发行　中国大百科全书出版社
地　　址　北京市阜成门北大街 17 号
邮　　编　100037
网　　址　http://www.ecph.com.cn
印　　刷　小森印刷（北京）有限公司
开　　本　787 毫米 × 1092 毫米 1/32
印　　张　9.75
字　　数　150 千字
版　　次　2022 年 3 月第 1 版
印　　次　2022 年 3 月第 1 次印刷
定　　价　68.00 元

本书如有印装质量问题，请与出版社联系调换　电话：010-88390